U0115313

文學研究叢書・臺灣文學叢刊

邊緣之境：
華文創作中的凝視聲響到生命記憶

邱珮萱　著

序言

1 原鄉

這是一個漫長的路途，走的路也很遙遠，現在回望，這一本書到頭來也是始自原鄉的探析。在現實人間永遠沒有一處美好理想的家鄉故園，除了屬於時代人群的烏托邦理想國度外，當個體在思索自我存在的意義與價值時，也往往必須找尋到一塊足以安身立命之處，作為自我生命意義的源頭。

本書的主題探索說起來還是圍繞著「安身立命之處」、「自我生命意義的源頭」。每章節就如原鄉、凝視、聲響、生命與記憶，其實都是在歧路上徬徨的心靈，有的自願、有的不得已的情境中，企望追尋自我生命的落腳處。人是脆弱的，受到無數人的關懷與愛護才能建起自信，起身踏出自己的第一步，也基於此，在流轉世界奔波各地之際，處在他鄉眾多異鄉人的視線下，深深感觸距離與自我身分認同危機時，我們都時刻在在思索自我生命意義的源頭，那最安詳平和之地——原鄉。

臺灣文學發展過程中懷鄉、鄉土與本土認同等三大段落的文學風貌，在經過長達半世紀重要作家作品的梳理下，我們所看見的真實，是隨著時代變動更迭的他鄉現實時時牽動著精神原鄉的座落位標，「鄉」的內涵與意義就在這樣不斷失落與追尋的反覆辯證過程中，一再地被塑造與創新，讓這充滿隱喻想像的精神心靈世界成為一個綿密不絕的對話空間。在臺灣的文學敘述與想像中，從原鄉的探析過程，

體顯出人在異鄉或處於邊緣之境，就像人世間的每一步、每一刻，就是獨特、就是唯一處境一般，在此一煎熬傷痛之處，開始滋長出人生中最為真切的價值和意義。

2 凝視

陌生，使我們全部的細胞緊張活化，當我關注著就如我在凝視著，同時發覺他人也在凝視著，而這一關係的察覺便產生出無數可能的想像與限制。對於這一現象的捕捉，拉岡（Jacques-Marie-Émile Lacan）透過凝視（gaze）與差異（difference），兩個在現代文學批評與文化研究中常被提及的概念，環繞著自我（self）認同與他者（other）想像，由此探討著自我主體性的追求與建構。主體（subject）建構就是差異的認知，我與人的不同，即便此一關聯或是生發於想像，或是權力交錯網絡中的錯綜關係，當人自覺地探索或深感迷茫之際，最終發現永遠逃不出一則追問：將往何處去？

臺灣文學曾為此主體建構激烈辯論，臺灣的主體（subject）為何？有人認為臺灣的主體是中國，要回歸到中國，有人認為臺灣的主體是要從中國解體（deconstruction of subject），進而重塑臺灣主體意識（reconstruction of subject）。[1] 圍繞此臺灣自我主體意識重構問題，試從個人的邊緣研究之體驗而言，主體似是在流動也在流逝，猶如時間加上空間再也不可能有相同事物，因為時間不同，任何事物從來不可能是同一事物，而且已經過去的時間，再也不能追回來。此時的中國此時的臺灣也是存在於此一剎那，彼時的中國彼時的臺灣曾經存在

---

1 請參見陳芳明：〈後現代與後殖民的糾葛〉，《文訊》333期（2013年8月），頁8-11。陳芳明，〈薩依德與後殖民史觀〉，《文訊》334期（2013年8月）頁8-11。陳映真，〈論文學臺獨〉，收錄於《陳映真文集》（北京市：生活讀書新知三聯書店，2009年），頁350-351。

過，但就是追不回來。我們何必定往何處去？我在處，處處就是自我
存在意義的現場，一逝不返。文學研究就是試圖呈顯在文本現場中的
特寫照片，捕捉此一剎那，我們凝視著，也自覺被凝視著，十目所
視、十指所指，這一鏡像互動脈絡的探析，就是要尋找出人所未必注
意未必想看的場景，自我主體也存在於此寫作過程中，留下印記。就
文學世界而言，臺灣的主體或意識也是在作者的寫作過程中，在文本
與脈絡通行間存活而流逝。由此而言，嚴歌苓作品是個相當獨特的研
究題材，他的創作經歷在中國與臺灣兩地都留下文學印象，唯在臺灣
看更能看得清楚其中有意之處。

3 聲響

　　研究嚴歌苓作品的有意處在他的旅美創作經歷，尤其是中文發聲
之經歷獨特有關。從中國大陸共產黨的軍中作家出身，隻身渡美到異
國婚姻，但回頭卻是在臺灣屢獲文學大獎而受到矚目，成為新一代旅
美作家的代表。嚴歌苓在〈栗色頭髮〉中透過女主角說出：「我不會
進你們美國人的房子的，送我回我的中國朋友那兒去」，[2] 這一發聲是
身處異國確立自我的一剎那，可以說他的文學世界就此誕生了。這猶
如《聖經‧約翰福音》中的 Word [3]，發聲為言，就是建構世界；又如
賀佛爾（Eric Hoffer）《狂熱份子——群眾運動聖經》中所謂的言辭人
（men of words），「原來沒有言辭人的地方創造一批言辭人或是在已
經有言辭人的地方誘導他們與既有的體制決裂。」[4] 由此可知，從無

2　嚴歌苓：《少女小漁》（臺北市：爾雅出版社，1994年），頁232。

3　John1:1：「In the beginning was the Word, and the Word was with God, and the Word was
　　God.」網址：http://biblehub.com/john/1-1.htm（瀏覽日期：2017年12月12日）。

4　〔美〕賀佛爾（Eric Hoffer）著，梁永安譯，《狂熱份子——群眾運動聖經》（臺北
　　市：立緒文化，2004年），頁254。

聲到有聲其實需要一個言辭人，即是一種傳話、說話的人出現後，才能開始產生固有體制的裂縫，原本旁若無人的境地，其實是有人，有人說話才有新的世界浮現。

失聲到發聲是一種重塑過程，煎熬痛苦愈深愈能體驗出發聲之真切實存意義。無言就沒有溝通，沒有溝通就沒有生命。此一語言世界的失聲而復聲，就觸碰著生命之敬畏。本書研究中心視角是邊緣中的人，當人發覺自己是處於此一緊張的隙縫中，如何探索自我，如何於迷茫中解圍，又如何找到自我安身立命處或其生命意義，在在顯示我們都在努力追求的一條路，生命價值與意義之源頭。

4 生命

自我生命的實存意義，在臺灣最為鮮明者莫如原住民族文學。不能以自我母語發聲，只能藉中文書寫而發聲，這與旅居美國卻回頭以母語中文為工具而發聲的嚴歌苓有著相當鮮明的對比。嚴歌苓以中文創作乃能重回自我祖國文化主流而發聲，但臺灣原住民族無可選擇的只能以中文發聲與寫作，身處邊緣只能如此書寫記述自我生命的存在意義。因之，臺灣原住民族文學書寫的真切深刻涵義應受到該有的重視，此乃臺灣文學豐富多元價值開放的一種表徵。

夏曼・藍波安初到臺北，他用飢餓這段經歷表述，或許可以換個角度看，是在凝視視線看待的鏡像關係中的掙扎，也是對自我學習模仿對象的凝視與被凝視對待所蘊含的複雜激盪過程，是在主體與邊緣中抉擇的艱難過程。我們從中不難發現他的飢餓來自於一種發聲的飢餓、認同的飢餓、心靈的飢餓，被他者凝視視線環繞下，童年的他在不安與迷茫中而不知所措。夏曼・藍波安自覺「有一天，我發現了自己，原來我跟他們說不一樣的語言，也忽然意識到自己在臺灣好久好久沒有吃魚、吃飛魚，也沒有游泳，原來我不是漢人。開始感覺我不

能沒有藍色的海洋。」[5]當夏曼‧藍波安驚然意識到臺北都市漢族與
自己不同的一剎那，他才真正的開始注視著，開始從無意識的模仿學
習轉向有意識的學習觀察，開始凝視著自我的真實處境。這一覺察促
使他走向回歸自我達悟傳統，並在族群部落的凝視視線下，逐漸恢復
自我認同的信心，進以反身凝視自我族群文化，更企圖邊緣逆寫用以
回應中心主流書寫。

　　在「他者記憶／記憶他者」之間，在互為凝視鏡像網絡中，我們
凝視著「他者記憶／記憶他者」。因為這是一種互相深刻理解的捷
徑，我們凝視著自我與他人，記錄著自我與他人，敘述文本（text）
與脈絡（context），都是真真實實生命的展現，其實也是當前最真實
的記憶寫照。因此，無疑的是夏曼‧藍波安的中文創作所表達的主體
與邊緣之複雜意涵，是能帶給當前臺灣深刻理解自己的另一門徑。等
到你我都不存在之時，留下來的就是此文本與脈絡，我們生命的最真
實的寫照，我們活生生的存在蕩然不存後，或許該留下來的就是這般
記憶。

5 記憶

　　就如主體在流逝且一逝不返，但唯一能勾住此一主體脈絡，牢牢
扣住的是一條玄音，喚醒我們的是此主體，有傳承也有傳播，讓我們
迷茫中能清醒著的就是這一條，就是記憶。記憶不僅被重塑重構，其
實在不斷地敘述中保住自我的存在，而我在不斷重塑重構過程中重獲
生命之全新意義。達德拉凡‧伊苞的《老鷹，再見：一位排灣女子的
藏西之旅》，是臺灣當代原住民女性作家作品，但在逐漸形成的當代
原住民族書寫版圖中女性作家作品仍是邊緣中的邊緣。但她在書中仍

5　夏曼‧藍波安：《大海浮夢》（臺北市：聯經出版，2014年），頁14。

記得說一句再見，就是要再回來重見自我傳承，期許自我心靈所安居之地平安歸來的祝福。

《老鷹，再見》，伊苞在文本中所重構的記憶，是一種個人附著於排灣部落的文化記憶，呈現的是排灣部落的集體記憶而非單純的個人記憶，隨著外在旅途自然景觀與風土人文的遞變，跳躍著閃動無序的記憶，從中流洩出內在生命經驗中已然暫被遺忘的片段過去，而這些圍繞著部落地方、巫師話語與鷹羽靈力的過去，正是伊苞生命中最原始初生的情感重心與自我認知，重新回溯自我生命所在，從「遺忘」出發到「再見」回歸，明白到原初生命所在的沈靜力量。

再見本是作別，但又是我必定再回來之意義的雙關語，說起記憶到記憶再見，猶如忘了說再見和老鷹再見一般，彷彿走上「山是山，水是水」之尋境，提升自我發現自我的旅途。守住靈魂，或許是這一漫長路徑之唯一心經，我們走過被記憶敘述引導下，從中遇到認同、被凝視、被歧視的遙遠波折迷津中找尋記憶自我的路，但就如高山上引導我們心靈的眾星相隨，記憶就是此一心靈所在地。《老鷹，再見》是伊苞透過排灣記憶書寫，守住族人文化記憶而傳承自己，是她的記憶敘述的能量，如同浩瀚星空般燦爛眾星導引我們走上保存在臺灣諸多文化心靈，集合成就多種文化記憶之漫長路程。這才剛開始，卻是遙遙遙遠的路途，但我們知道有日會踏上更高遠之地，回頭記住這一旅程。再見是作別，但必定再回來之自我期許。

簡簡略略記述著本書，總歸回來，討論的就是人，人在邊緣，自覺邊緣的人。為此，我想重新檢視最基礎核心的問題，就是我們能不能理解人？近來腦科學驚人發展，越來越多證據顯示我們只不過是生化機器，只不過就是如此。我們眼睛虹膜是獨一無二的視窗，意思是我們每個人所看的影像是獨一無二的，我所看的與他人所看的是不相同的，時空流逝，我們對事物的認知不是一成不變的，加上每個人腦

神經迴路的錯綜複雜，我們每個人的思緒從來不能相同，甚至自我的思緒時時刻刻也不一定相同。如此，我們能不能互相理解？理解到底可不可能？

也許，我們是不能真正地徹底地理解的，但如果互相不能理解，那麼如何談文學？

雖然人與人之間有不能跨越的洪流，也許這是人類文化歷史積累所然。但人也是基因組合差異最少的特殊群體，全球人類基因差距甚至比一群小群體的猩猩都少得多，也就是說我們人類共有特殊基因組合，或許這可以解釋為我們人類固有的一種善解人意的心靈基礎。我們每個人都如浩瀚星星般燦爛獨特，但有著特殊的理解共鳴的基礎，這是目前腦科學家研究發現的。文學是人的生命與記憶書寫，也是此一種共鳴學習基石。邊緣就是此一生命與記憶的極致與遙遠，但其實我們都是每個獨特的個體，永遠都是少數卻假裝理解多數而想要擁抱假象取暖的人，邊緣就是在此涵義上也是某種自我多面向中的一面。本書中所探討的的作者都曾經歷過追跑此一假象，又終回到自我母體的人，曾經是邊緣回到母體主流，找到「安身立命之處」、「自我生命意義的源頭」的人。但是此一母體何嘗又不是另一種假象？

人到底能不能理解？我的答案是我們是能理解的。但在自我的理解基礎上假裝理解，若要自己假裝理解也需要理解與共鳴的基礎。其中最為影響力的就是文本與脈絡，文本曾經是詩歌、戲劇、小說、散文、照片、電影、多媒體影像，將來會不斷出現更繁華的文本形式，但文本的脈絡必須經由學習、賞析、探討而活化的。我們透過他人的理解、想像、敘述，凝視、聲響與記憶來擴大自我共鳴理解的基礎，維繫此一基礎乃是透過不斷重塑的記憶，而文學則為此不斷重塑記憶的敘述形式，本書的討論其實是這一學習的漫長遙遠的路程。

本書篇章是以曾發表過的文章修改而成，原鄉：〈臺灣散文文學

意象中「原鄉」觀念探析〉，凝視：〈凝視與差異：嚴歌苓短篇小說中的移民男身〉，聲響：〈隙縫中的聲響：嚴歌苓短篇小說中的移民女聲〉，生命：〈凝視翻轉：夏曼・藍波安重構島嶼符碼的生命書寫〉，記憶：〈永遠的部落：伊苞《老鷹，再見》的排灣記憶書寫〉，都是生命中每段歷程的一種迴響。[6]本書所討論的，就如嚴歌苓、夏曼・藍波安、達德拉凡・伊苞所走過的路，多種邊緣的陌生經驗，個人也體驗過類似經驗，曾經經歷韓國與美國的國外生活，從似曾相識之地韓國到全然陌生之地美國，自己也好像曾經凝視著、默默聲響、追著生命價值與意義、保住此一歷程之記憶與自我心靈之歸屬。這幾年，回到自我安詳之地，彷彿追著生命中的幸福藍色小鳥，卻不知覺又回到原地慶幸著安全著地，原鄉。

　　雖然本書篇章多為曾發表過的文章，將階段性的自我研究與心得印刻於學術刊物上，但是現在彙整條目潤飾修正，重新思考，慢慢發現成書過程，也是自我思想成長的印記，留的不多，留下的應當是純精的要點，因此，這是目前自我印記的再現，到此回到母體而安穩放下。文學、賞析與研究，到頭來就是自我的解危，借助文學作品與作者心靈所求進，慢慢找回如何學習如何前進一步的力道。人生無悔，那該多無趣！邊緣曾經是痛苦，但站在邊緣才能看到遙遠山林中浩瀚眾星相隨，正因為邊緣才能體會人類崇高、謙虛至理。臺灣是不是邊緣？臺灣在世界政治局勢中，中國、日本與美國強國的夾縫中求生的

6　各篇原刊登出處如下：〈臺灣散文文學意象中「原鄉」觀念探析〉，《亞細亞文化》第24號（2007年3月），頁123-139；〈凝視與差異：嚴歌苓短篇小說中的移民男身〉，《北市大語文學報》第15期（2016年6月），頁39-58；〈隙縫中的聲響：嚴歌苓短篇小說中的移民女聲〉，《北市大語文學報》第17期（2017年12月），頁1-22；〈夏曼・藍波安重構島嶼符碼的生命書寫〉，《人文社會科學研究》第11卷4期（2017年12月），頁47-62；〈永遠的部落：伊苞《老鷹，再見》的排灣記憶書寫〉，《儒學研究論叢》第九輯（2018年1月），頁35-52。

邊緣，即使經濟繁華，也無法滿足此一政治、認同、自我的飢餓。但或許因為臺灣站在邊緣，開放包容，多數邊緣聲響得能一一留存，如此將能更努力發掘其生命與文學心靈所苛求的價值。

剛開始是遙遠遙遠的路途，但我們知道有日會踏上更高遠之地，回頭記住這一旅程。再見是作別，但必定再回來之自我期許。希望有日我的生命涵涵與棠棠，看到自己母親走過的路，遙遠邊緣，能感受到我的愛；而二十多年來相伴於生活學習和學術研究的另一半台根，是此書最為忠實的讀者，給我最大的支持與鼓勵，對他除了感謝外有著更多的敬慕。人生能走到這階段，實是我的家人所共成，願與他們分享這分心得。人生該留存的也大概只有這些許記憶。

成書在即，致意感謝書中參引的所有研究先進、研究題材與文學作品，沒有他們辛勤的研究成果，沒有他們真摯的文學心靈創作，本書是無法成的；同時也感謝萬卷樓圖書在出版事項上，盡心全力的協助。此外，更由衷感謝在個人研究生涯中時時敦促鼓勵的何淑貞老師，以及臺北市立大學中語系師長與同事的提攜切磋之情誼。最後，二〇一四年校方同意我前往西雅圖華盛頓大學訪問研究一年，是本書構思動筆的重要起點，深刻的異國經驗與邊緣體驗，更充實本書的寫作動機和價值，在此謹致謝忱。

邱珮萱

二〇一七年末誌於臺北市立大學中國語文學系

目次

附錄

原郷

原鄉

　　這是一個觀念語詞的探索，「原鄉」之義究何所指？首先是原鄉書寫之必然客觀條件的他鄉距離與異己身份，及此書寫的主要追尋動力在於相對於每一個當下現況的不美好，必然會生發出對一個已然消逝或尚未出現的不存在烏托邦理想作為追尋建構的需求；而關於原鄉書寫內涵所呈現出的繁複迷人姿態，非僅屬於作家個人的世界，也應同屬於眾多與之擁有共同記憶甚或想像的讀者群，可以說是創作背景的氛圍驅發了作家的原鄉需求，是創作背景的更迭改變了作品的原鄉內涵，也是創作背景的連結召喚了讀者的原鄉想像。因此，原鄉書寫必須被脈絡化（contextualized），唯有將其置回創作背景的時代環境中進行考察，如此我們才能較為深入且確切地探求此書寫的真正意義，同時也必須經由創作背景的連結接著，原鄉書寫所具備之社會象徵媒介的動能性（agency），才更顯清晰明朗。

　　透過臺灣文學發展過程中懷鄉、鄉土與本土認同等三大段落的文學風貌，可以明白地看出現實時空環境相當程度地作用於時代人群的原鄉想像世界。從憂國離鄉下的懷鄉書寫，到現代工商文明沖刷下的鄉土書寫，以及臺灣本土經驗要求下的認同書寫，都在在說明文學原鄉世界與現實時空環境，實存著密切共生同存之聯繫，也有著互相證成之興味。當我們回視過去文學發展過程中，每一個深具時代意義的代表性原鄉書寫時，就猶似在解開一個個以文學原鄉世界與現實時空環境所打出之精緻繁複的繩結。

原鄉：文學意象

> 每一世代同科種鳥類的體內都擁有一個相似的基因，只要時間
> 到來，這個基因便會爆發，刺激著他們飛行出巡，按著祖先走
> 過的天空奔馳，去尋找牠們的原鄉。這種鳥叫漂鳥。
> 我的父親曾經是。我也是。我們周遭的許多人是。他們的上一
> 代與下一代也是。

——劉克襄[1]

一　他鄉

　　一個現實意義不存在的烏托邦國度，實出自於回歸欲望的想像鄉愁下之原鄉境地，既已言回歸便存在著距離，無論是有形、無形的距離，身居他鄉而以異鄉人身分追溯原鄉是其書寫的基本模式，因此，他鄉距離、異鄉身分都是原鄉書寫之所以能成形的客觀條件。從現實他鄉中感受到原鄉的失落與改異，也從原鄉追尋中凸顯出他鄉的現實景況，隨著時代變動更迭的他鄉現實，將連帶地牽動原鄉的座落位標，因此「鄉」的內涵與意義便在這樣不斷失落與追尋的反覆辯證過程中，容許一再地被塑造與創新，也同時創闢了一個綿密不絕的對話空間。

　　本論文所欲進行的是一個觀念語詞的探索，「原鄉」之義究何所

1　劉克襄：〈序一，漂鳥〉，《漂鳥的故鄉》（臺北市：前衛出版社，1984年），頁12。

指？由於語彙本身的涵容性已廣，又將其置於文學創作中應用，無異是更增添其自由發揮的魔力，盡其可能地擴大其所指涉的意涵，非常值得我們作為探析釐清的對象。再者，因為筆者相信文學作品的探析研究，不但是重顯其藝術創作所隱含的特殊意義，同時也是一種能發掘討論議題的場所，因此，經由這些意涵豐富之作品的解讀，將能引領我們重新認知一個超越文學以外的世界，希望能透過文學的微觀分析進而展延為文化建構的宏觀探索，提供研究者共同討論的空間。

如同民國初年文學在啟蒙運動中所發揮的影響效用，文化之新創開展曾嘗以文學創作作為最佳之推廣途徑。因為文學是個人或文化環境的想像產物，所以，它不但是一個時代社會最清楚的標誌表象，也同時具有擔負文化新創開展之責的建構想像。筆者將進行的是捕捉不同時代、不同作家、不同作品中所舒展而出的原鄉圖象，除了經此討論原鄉書寫所指向的意義外，更進一步想探知的是原鄉書寫所欲新創建構之文化意識內涵。

針對上述所欲探求的主題內涵，本論文處理的是戰後臺灣現代散文作品中的原鄉書寫，勾勒連結此半世紀的原鄉書寫，進而尋索其演繹轉化之脈絡。以戰後為本論文作品論述的時間起點，主要是考量戰後的臺灣進入一個社會重構的階段，這對剛擺脫殖民身分的臺灣社會，是一個重新調適的重大變動；而在整個社會重構的調適過程中，濃烈中國意識的添增耀眼奪目，反共復國懷鄉情愁成了時代大合唱，這與過去對中國僅是遙遠模糊的祖國情懷之認知，出現了相當程度的轉變，而臺灣社會也自此開始了中國／臺灣劇烈辯證的歷史發展，許多社會議題的討論都無法忽略此項因素的影響效用，當然，包括原鄉主題的認知。因此，在戰後半世紀裡，擇選文學創作風格的大段落：

懷鄉、鄉土、本土認同，[2] 進行原鄉書寫主題之觀察。

　　五〇年代，一個背負著戰亂記憶與離鄉傷痛的年代，許多人被迫展開一段生命中未曾計量的流離歲月，心中那份拔根故土遷徙他方的悲痛，讓他們始終維持著回望的姿態，顧盼兒時年少、山河大地、歷史文化，用著胸中的故國家園之思撫慰難以面對的離鄉傷痛之情。兩岸隔絕、斷裂遙思，就在這個異樣氣氛的特殊政治時空環境下，瀰漫著一股憂國懷鄉之思，許多渡海來臺的離鄉遊子，選擇將濃重的鄉愁具象化，用文字鋪陳出對故鄉家園的記憶，因是造就出「必然，以大陸為題材的作品，在時間上屬於過去，且充滿對於家國的懷念之情」，[3] 這類作品自然以回憶大陸為主題，或是直接思懷過往大陸的生活風俗、家鄉人事，或是間接以大陸土地為背景而發的歷史孺慕與文化鄉愁，種種書寫都不免形成一份強烈的身在臺灣他鄉異己之苦楚。

　　這個懷鄉書寫的文學創作風貌，當是由許多作家與無數作品所共同匯注而成的，然而其中長期精心著力於此的大家，又以琦君、余光中、王鼎鈞三人為著。琦君以溫厚雋永之心憶念故里鄉情的點點滴滴，營構成一個充滿中國舊社會風味的有情世界；余光中則是以地理與歷史縱橫交織出文化中國的華夏精神，用以仰望凝視那塊記憶深處的舊大陸；而王鼎鈞則在身歷目睹琉璃世界的破碎幻滅後，選擇以故鄉圖案的流亡記憶作為留存原鄉的最佳鏡視。這些不同面向的記憶與敘寫，所共同指向的是那塊過往出生成長的中國大地。

2　本論文僅就懷鄉、鄉土、本土為論，究因於這三個時期可謂戰後臺灣現代文學發展過程的大段落，然而若就原鄉主題之整體探究，應尚能前溯至日據時期的臺灣新文學之作品，其中對臺灣、中國、甚而日本的認同歸屬將更見紛歧迷人；另外，除此文學發展三大段落外，尚可細分而深入至留學生文學、眷村文學、返鄉探親文學等作品之討論，此部分當日後另撰文論述。

3　余光中：〈總序〉，收錄於余光中主編，《中國現代文學大系》（臺北市：巨人出版社，1972年），頁7。

　　到了七〇年代則轉至一個回歸注目臺灣的年代，在時代變局中，臺灣社會的真實生活經驗開始獲得重視，這對過去以中國大陸為正統的主流思想價值體系而言可謂巨變。外在環境之所以能產生這樣的變化，實導因於當時臺灣社會在國際外交困境下所激引出的民族意識與現實關懷，間接觸發了臺灣具體形象的隱伏浮顯。在當時險峻的外交情勢籠罩下，基於對臺灣國際地位社經發展的憂心，文壇前後引爆現代詩論戰與鄉土文學論戰兩場戰役，先是提出回歸大原則，回歸民族、回歸現實，繼是要求文學應具有社會意識反映社會現實的功能。就在這個創作步調的調整過程中，有中國傳統也有臺灣經驗，有民族歷史的傳承，也有真實生養的土地，而這些都成為用以抗衡外來強勢侵略的重要利器。因為如此，臺灣社會才得能在中國意識的大原則下，出現一個較為明顯建構的契機，讓臺灣社會真實生活的各個面向成為文學的書寫主體與探討對象。

　　在這樣的文學創作情勢下，當時的多數作家莫不深受啟發影響，不僅認真看待自己同胞的真實生活，也勇於表述現實經驗的喜悅與困惑。在這片「回歸鄉土」的浪潮中，吳晟以尊崇心靈與素樸文字細細鏤刻土地上的生活勞動，衷情於臺灣農村圖像的建構；阿盛則是胸懷土地和熱情鄉野，蘊含著天成於土地的鄉村教養，細聲漫吟臺灣鄉土之美；陳冠學則以尋常的田園生活而點顯不凡的生命觀照，以一枝清透靈智之筆復頌昔日老田園之美。這三位作家都將自身生命中最真實動人的臺灣鄉土經驗呈現於彩筆之下。

　　進入八〇年代則是一個本土意識激揚的年代，臺灣社會在政治力量的強勢觸發引動下，從去中國中心的挑戰到臺灣結與中國結的對峙，甚而對臺灣前途自主權的要求，在在都展現了臺灣主體意識的覺醒風潮正在社會中迅疾蔓延燃燒。當然這股覺醒力量也必然釋放於文學場域之中，受到臺灣主體性地位強調的影響，文學創作者標舉出自

主性、本土化以作為回應，亟欲在臺灣座標中尋找臺灣文學的自我存在意義與價值。這樣的發展早已遠遠超越鄉土文學論戰時期中曖昧不明的「中國／臺灣」、「民族／鄉土」之二元性格，將先前籠罩於中國意識下的臺灣經驗具體浮現，將過往模糊於民族鄉土概念裡的本土意識直接張陳，而成為八〇年代臺灣文學本土論的積極主張。

臺灣文學本土論是以臺灣意識為主張，而臺灣意識的具體內容則當以臺灣現實經驗作為書寫基礎，用生長在這塊土地上人民的生活經驗來表達臺灣、呈現臺灣，是具有強烈濃重的本土精神性格。在這樣的前提下，陳列以深情注目一張張刻鏤在土地上歲月的生活容顏，是源於一份對大地眾生的鍾情與大愛，才能體覺到人間是其根本用情處之情思；而劉克襄則長期執守於臺灣本土生態的自然觀察，由賞鳥經驗、環境保育到土地倫理的思索，用旅次腳印真切踏實地關懷臺灣這塊土地；而原住民作家夏曼・藍波安則在海洋氣味中重返屬於自己族群文化的原點，學習自信尊嚴地延續達悟民族文化傳統，展現自我探索母體文化的生命經驗，是為臺灣土地生活經驗的呈現提供出另一種觀察。面對這樣的文學發展與表現，我們能說的就是關心土地、關心人民。

這些不同年代卻相同無異的是，個體回歸母體慾望的需求，既言回歸便存在距離，無論是有形甚或無形的距離，都致使「他鄉」與「原鄉」為同存之命題，如張寧在〈尋根一族與原鄉主題的變形〉一文中所提到的：

> 原鄉一直以來是一個古老的母題，沿著這個母題，人類以不同的語言和表達方式說了數不清的故事。以「異鄉人」的身分追溯原鄉是它基本的模式。原鄉往往是一種被對象化了的複雜的情感意象──它是家、是祖先流動的血脈，是一種根植在每一

個「原鄉人」生命中的文化記憶，也許用佛洛依德的觀點來看是一種回歸母體欲望的象徵。原鄉從一開始便是由一種異己的力量——找尋原鄉的人構成的，沒有這種來自他鄉的距離，便也就無所謂原鄉的主題了。[4]

因此，他鄉距離、異己身分，確實都為原鄉書寫之能成形的客觀條件，兩者應是充分必然之條件。

二　動力

在文學創作上，追尋原鄉是人類境況（human condition）的本能與宿命，因為相對於每一個時代處境當下現況的不美好，必然會生發出對一個已然消逝或尚未出現的不存在烏托邦理想作為追尋建構的需求。是故永恆的鄉愁，在現實人間永遠沒有一處美好理想的家鄉故園，因而「鄉」的內涵與意義便在這樣不斷失落與追尋的反覆辯證過程中，容許一再地被塑造與創新。然而，除了屬於時代人群的烏托邦理想國度外，當個體在思索自我存在的意義與價值時，也往往必須找尋到一塊足以安身立命之處，作為自我生命意義的源頭。因此，出自懷戀鄉土與探本溯源的原鄉想像，就成為原鄉書寫的主要追尋動力。

對於一九四九年前後自大陸撤遷來臺的人來說，應該是那份國破家亡戰亂離鄉下的憂國懷鄉之思，使他們自然地發出對於過去那片故土家園的追憶之情，同時更因為身形的外在隔絕，進而觸發引動內心精神靈魂銜接的迫切需求，於是他們不斷地在文字世界裡重返家園追

4　請參見張寧：〈尋根一族與原鄉主題的變形——莫言、韓少功、劉恆的小說〉，《中外文學》212期（1990年1月），頁155-166。

憶過往，用重塑原鄉的紙上記憶來療傷止痛。我們可以發現，無論是琦君以故人舊事童年記趣所編織的搖籃中國，或余光中以地理歷史造就的文化中國，又或是王鼎鈞筆下流離戰亂記錄的苦難中國，都成為他們日夜遙思懷想的故土家園，在他們目下的臺灣生活只是旅程的過站，而他們的鄉愁始終停泊在那片「回不去」的中國大地。

　　若就七○年代興發的鄉土文學風潮而言，在臺灣外部國際地位與內部政經社會一連串的變動下，文化界反省覺醒後所歸結提出的，回歸民族關懷現實的主要訴求，立於這個訴求而備受討論的文學社會性之創作精神，便讓臺灣鄉土成為作品中最能呼應傳達時代訴求的代言身分。但就在回歸鄉土的同時，卻不免發現那早已成為一個遙指的過去歲月，因為現代文明工商社會的強勢侵入，在在使得臺灣農村鄉情步步退卻，所有的農鄉風情幾乎只能再現於紙中天地。所以，在遠走都市文明回身擁抱鄉土倫常的吳晟眼中，我們看見他以農婦美德與農村素面經營的農村圖像；而在身居繁華都市卻胸懷土地熱情鄉野的阿盛筆下，我們看見他以鄉野舊事現世人生描述鄉土之愛；甚或是棄絕塵世污染而遁居鄉野田園的陳冠學身上，我們看見他以尋常的農家生活田園哲思歌頌昔日老田園之美；這種種的書寫透過農村／城市之人情景致的映照對比，表達的是一份對現代工商文明的思索與警醒。作家在立處當下臺灣社會經濟結構轉型的年代變局中，他們那一代人的美好天地就留存在農村倫常與田園之美的昔日世界。至於探本溯源的原鄉想像，則是一個個體安頓自我身心的回歸之所，當個體在省思自我存在的意義與價值時，必須尋覓一處足以說服自我並獲取認同的天地，在此天地中自我生命才能享有安詳平和之境。[5]

5　請參見江宜樺：《自由主義、民族主義與國家認同》（臺北市：揚智文化，1998年），頁78。

　　相對於八〇年代出現的本土意識高漲的臺灣文學，本土意識所著重表現的是要以定居在臺灣這塊土地上的人民生活為中心，也就是一種對土地認同、對人民關心的書寫關懷，在這樣的文學胸襟和創作理念下，便可以超越過去深受時代意識左右的大論述表現，而呈現出一種源於土地人民為關懷的多元論述。多元論述雖未能全脫時代社會之影響，但卻極具個人生命色彩與自我價值定位，所以，我們能看到陳列用關懷之情平等之心看待自臺灣這塊土地上所生養的一切，人間眾生與自然山河都成為他的戀慕所在，更為他個人興發出一股對生命生存的信心勇氣；也是在這樣的時代下，才能出現對本土生態自然觀察長期堅持的劉克襄，他不斷深化關懷保育自然領域的可能途徑，經此不僅是一份未刻意自覺的土地疼惜不斷滋養茁壯，同時也為他自己找到一個緩和舒解心靈的美麗小世界；然而更具特殊意義的是，原住民作家夏曼・藍波安，為了洗刷自己漢化汙名蒙塵的生命歷程，自退化的雅美人到真正的達悟勇士，在族人傳統生產技藝與海洋思維的孕育中，讓他重返母體文化的懷抱，並透過對自己民族文化的追溯與實踐，親體特屬於達悟男人的原生價值，重而企圖營造民族自信再生的泉源。這樣探本溯源的原鄉想像，都是從追索自我尋求生命意義為出發，進而發現一個肯定自我存在意義的所在，以超越常人的辛勤努力投入用以安頓自我生命。文學創作就在這樣的發展進途中，將我們一直習用不察的「故鄉」之語，轉換成「不僅祇是一地理上的位置，它更代表了作家（及未必與作家「誼屬同鄉」的讀者）所嚮往的生活意義源頭，以及作品敘事力量的啟動媒介」。[6]

　　然而更值得我們注意的是，追憶重塑、尋找定位進而走向未來，

6　請參見王德威：〈原鄉神話的追逐者〉，收錄於《小說中國》（臺北市：麥田出版社，1993年），頁250。

則往往是原鄉書寫的真正命意所指，三者交揉雜織或隱或顯地做重點表現，則是令這類主題書寫得能不斷創意翻新之故。對於身處二十一世紀社會的我們，安頓自我身心的原鄉究何所指？尋求這個問題的解答，也許正是追尋原鄉之最初動力源頭。

三　連結

　　關於原鄉書寫內涵所呈現出的繁複迷人姿態，雖是作家鄉情或鄉愁的個人精心演出，但這一幅幅原鄉圖景當非僅屬於作家個人的世界，也應同屬於眾多與之擁有共同記憶甚或想像的讀者群，故這極可能成就一股精神心靈的召喚力量，無論是出自單純的情感共鳴抑或有心的意識集結。然而這股巨大暢行的召喚力量並非單由作家個人魅力與創作魔力所能致，而是應得自於眾人所置身的大環境之故，民族文化、歷史記憶、時代社會、政治經濟、生活型態……等都將是用以連結作品與讀者的重要接著點；反觀而言，這些連結接著點則未嘗不是作家作品無法片刻須臾離之的創作背景。

　　是故在原鄉書寫中創作背景，可說相當程度地介入作家、作品與讀者之間而作用著，可以說是創作背景的氛圍驅發了作家的原鄉需求，是創作背景的更移改變了作品的原鄉內涵，也是創作背景的連結召喚了讀者的原鄉想像。因此，原鄉書寫必須被脈絡化（contextualized），唯有將其置回創作背景的時代環境中進行考察，如此我們才能較為深入且確切地探求此書寫的真正意義，同時也必須經由創作背景的連結接著，原鄉書寫所具備之社會象徵媒介的動能性（agency），才更顯清晰明朗。

　　王德威在〈原鄉神話的追逐者〉中曾使用「神話」一詞來描述原鄉題材作品之特質，並申論這樣的觀察角度並不就此否認其所投射之

歷史經驗，反是更加凸顯其與歷史環境對話的重要質素，他認為：
「以『神話』一詞來審視原鄉文學的傳統，非但毫無貶意，反而強調
其於我們的文學及社會體系中，運作不息的力量。這些作品已經發生
了單純鄉愁以外的影響，為我們的社會總體敘述行進，注入對話聲
音。」若進一步說明：

> 「故鄉」的人事風華，不論悲歡美醜，畢竟透露著作者尋找烏
> 托邦式的寄託，也難逃政治、文化、乃至經濟的意識型態興
> 味。與其說原鄉作品是要重現另一地理環境下的種種風貌，不
> 如說它展現了「時空交錯」（chronotopical）的複雜人文關係。
> 意即「故鄉」乃是折射某一歷史情境中人事雜錯的又一焦點符
> 號。神話何曾外於歷史？以「神話」來看原鄉作品，其實正是
> 又一門徑，觀察現代中國作家反省、詮釋歷史流變的成果。[7]

　　如此，原鄉書寫是一個得以進入的門徑，能夠展現時空交錯的複
雜人文關係，成為時空向度的象徵指標，成為折射特定歷史情境人事
雜錯的焦點符號，而這正是原鄉書寫過程中值得我們關注的創作背景
之意義所在。是故，對於繁複多變且漸次轉異的原鄉作品內涵，我們
該應問的是創作背景如何作用於原鄉書寫之中？

　　五〇年代的懷鄉文學在時代悲劇的流離情愁下，原本即易因強烈
之人情自發而應勢演出，但此場演出之所以能轟轟烈烈形成大氣勢，
實未能忽略的是國家強勢文藝體制下反共戰鬥文藝號召所曾給予的極
大助益，在政治力量與文藝政策之因勢利導下，讓懷鄉文學有超高水
準的表現，以致而成為光復初期臺灣文壇質量均豐的作品。這些源於

7　王德威：〈原鄉神話的追逐者〉，《小說中國》，頁251。

去國辭鄉所瀰漫的憂國懷鄉之情，當必然發展出以回憶大陸為主體的作品，或是直接思懷過往大陸生活的家鄉人事，或是間接遨遊地理孺慕歷史以成的文化鄉愁，或更有未忘戰爭離散的苦難家國記憶，這種種都成為那一代中國人重重疊疊的回憶，就在這樣斷裂遙思的時代裡，他們的家國之痛與身世之悲全都寫進了懷鄉年代裡的原鄉書寫。這種充滿著舊中國大陸風情的回顧式原鄉作品，綿延盛行了二、三十年，是臺灣文學發展史上陣仗龐大的一支隊伍。而我們該說這是遠離故土飄泊他鄉的大陸來臺作家至為精彩動人的演出，琦君、余光中、王鼎鈞各擅其能的至性表現尤是大家風範。

但七〇年代臺灣在國際情勢逆轉面臨存亡威脅之際，可幸未被擊倒，反是觸發整個社會愛國力量的蓄積與湧現，且在排外情緒高漲下，自然強化那原本朦朧不彰的民族意識，更進而帶動社會內外各個層面的反省檢討，從政治、經濟衝擊的直接反省衍至文化層面的深度思索，臺灣正步步邁進變革創新的覺醒運動。這場革新覺醒運動在知識分子所專擅的文藝界更見機鋒，在現代詩論戰與鄉土文學論戰這文壇兩大戰役的無數辯難下，標舉著回歸民族、回歸現實的論述定音，也就在這一片回歸原則的熱切要求下，臺灣的真實具體存在終能獲得正視關懷的機會。

這些反省思索被帶入文學創作的領域，並相當程度地反映在對作品的要求與表現上，要求文學應具有社會意識反映社會現實的功能，就在創作步調的調整過程中，民族與現實的回歸被同時接受也被混同看待，有中國傳統也有臺灣過往，有民族歷史傳承也有真實生養的土地。因為如此，臺灣社會才能在中國意識的大原則下，出現一個較為明顯建構的契機，讓臺灣社會真實生活的各個面向成為文學的載寫主體與探討對象。在這個回歸注目臺灣的年代，時代變局中，臺灣社會的真實生活經驗開始獲得重視，這對過去以中國為正統的主流思想價

值體系而言是謂巨變。就是這樣的創作背景間接觸發了臺灣具體形象的隱伏浮顯，這是一個重新發現臺灣鄉土的轉機。故雖同為鄉土的敘寫，但顯然的是臺灣鄉土已漸次取代中國鄉土，新生代作家疾聲呼籲要拋棄前行代作家想當年的癱瘓心理，要拔除那缺少生根土壤的懷鄉文學，他們要擁抱自己真正生長其上的鄉土經驗，反映臺灣社會在時代變局中的真實生活經驗，在吳晟的農村圖像、阿盛的鄉情采風與陳冠學的老田園，都以不同的生命經驗訴說著真正的臺灣鄉土之情。

　　八〇年代在強烈訴求自主性獨特性的臺灣本土意識之發皇張揚下，從去中國中心的挑戰到臺灣結與中國結的對峙，甚而對臺灣前途自主權的要求，大幅度地退卻七〇年代與臺灣意識並存的中國意識，以本土取代鄉土，更為強調凸顯臺灣的主體性格。這股臺灣主體意識覺醒風潮是在社會政治力量的強勢觸發下所引動的，展現於文學場域中的作用，則是文學創作者標舉出自主性、本土化作為回應，亟欲在臺灣座標尋找臺灣文學的自我存在的意義與價值。這樣的發展早已遠遠超越鄉土文學論戰時期中曖昧不明的「中國／臺灣」、「民族／鄉土」之二元性格，將籠罩於中國意識下的臺灣經驗具體浮現，將模糊於民族鄉土概念裡的本土意識直接張陳，而成為八〇年代臺灣文學本土論的積極主張。

　　臺灣文學本土論是以臺灣意識為主張，而臺灣意識的具體內容則當以臺灣現實經驗作為物質基礎，用生長在這塊土地上人民的真實生活經驗來表達臺灣呈現臺灣，具有強烈濃重的本土精神性格。然而，這樣的創作背景卻能提供文學一個多元表現的空間，因為源自關懷土地關懷人民的創作表現，將可遠遠超越前期受制時代意識大論述之能為。因此，源於個人生命價值的探本溯源之原鄉想像，正替換著已失濃重時代鄉愁的懷鄉戀土之原鄉重塑，在這樣的創作語境下，我們才能看見在報導文學中鍾情人間關愛眾生的陳列、在自然寫作中堅持本

土生態保育的劉克襄，也才有機會認識族群文學中探索母體文化的達悟族作家夏曼‧藍波安。這些充滿鮮活個性又極具時代對話的原鄉書寫，打破過去我們對原鄉書寫的既定印象，也讓我們對新時代創作背景下的原鄉書寫表現有更深的期待。

四　想像

　　無論是出自於懷戀鄉土或探本溯源之動力的原鄉想像，相同的是，原鄉之景並未既存於當下處境，這樣的隔絕事實在兩者之間卻是相當一致的。因此，在對這已然消逝或尚未出現的烏托邦理想世界做追尋建構的同時，我們必然發現一種相異於當下現實景況，存在於過去或未來的想像的鄉愁（imaginary nostalgia）[8]之力量正迅疾擴張蔓延，用以圖構各自想像中的原鄉景象。

　　我們從現存原鄉書寫作品的觀察中，可以發現深具浪漫魅力的想像鄉愁，的確能為原鄉書寫真實留存許多動人感人之回憶，以發揮其訴諸人心召喚鄉情之能，但不該遺漏的是，它也正同時悄悄地對那不願或未需的記憶片段進行著篩落的工作，由此兩力所共合共成的便是那亦實亦虛的原鄉烏托邦之景。是以這股想像鄉愁恰為原鄉書寫中極為突出之作品特色，一種虛實交織的寫作風格，作了最佳的註腳，之所以能如此，當與原鄉書寫本身在時間空間的距離隔絕有極大之關係。

　　於此見出時間與空間是如何複雜地作用於原鄉書寫之中，除時間流逝空間移轉的正面直接影響外，尚須注意的是來自於時空前後轉異

8　請參見王德威：〈原鄉神話的追逐者〉，《小說中國》，頁249-250。文中曾使用「想像的鄉愁」（imaginary nostalgia）一詞，用以說明三○年代以來鄉土論述的特色。

對比下的側面效應，而這些都是形成虛擬權宜之原鄉書寫的客觀必然因素。在圖構這種具有虛實交織之原鄉景象的過程中，也必須同時考慮到作家個人之主觀自然因素，因為就形象學之研究而言，

> 形象（圖象）是對一種文化現實的描述，是情感與思想的混合物，一切形象都是個人或集體透過言說、書寫而製作、描述出來，因此並不遵循真實的原則，也不忠實的描繪出現實的客觀存在。[9]

這種因緣於情感與思想的混合，所形成之不遵循真實、不忠於現實的想像書寫，亦是原鄉書寫之觀察重點。因此，無論是從客觀的時空必然因素，或從主觀的情感思想自然因素，都能說明原鄉書寫所以呈顯虛實交織之虛擬的權宜特性；祇是這些原因隨著原鄉書寫的追尋動力和創作背景之不同，會有影響輕重的分別，所以應該在以原鄉為主題的作品中進行更為細膩討論。[10]

　　首先，在懷鄉文學的原鄉書寫中，我們可以清楚地看到思懷鄉土的琦君是如何以溫馨美好的童年往事存續原鄉記憶，孺慕文化的余光中是如何以壯麗宏偉的地理歷史圖構原鄉景象，而悲憫大地的王鼎鈞又是如何以時代風雲的戰亂烽火標樹原鄉傳承；儘管三位作者的原鄉內涵呈現明顯差異，但在虛實交織的原鄉虛擬權宜性上卻是相同一致的，因為那永遠「回不去」的中國大地原鄉記憶，在時空隔絕下自然十分引人思懷，當然也就極易形成美化想像的回憶空間，這讓作者最是能夠揀選自己的「真實」，發揮自己的「想像」，以成就自己的原鄉

9　陳惇等主編：《比較文學》（北京市：高等教育出版社，1997年），頁167-168。

10　在本論文中所述及的作家作品詳論，請參見邱珮萱：《戰後臺灣散文中的原鄉書寫》（臺北市：臺灣學生書局，2006年）。

中國，正如同鍾怡雯在針對具中國視域作者所討論到的：

> 這些散文作者的中國經驗，有些雖限於童年記憶，他們的書寫
> 卻常常逾越了真實，去美化、想像，經過「賦予意義」的過
> 程，同時以文化、地理及家國認同去強化／膨脹記憶。當中國
> 被凝視／書寫時，創作者其實同時是在確立／誤立，重新定位
> ／移位，或者虛擬中國。[11]

這種以文字重回原鄉的中國，是定點於過去時間的中國，甚而是悠長
遙遠的中國全部，關於未來希望的「想像」是缺席的，因此，它的
「真實」雖非虛構，但也絕非完全的真實，而是揀選部分的真實所
成，是情感思想下所折射出的「真實」。而且在他們追溯往昔書寫記
憶時，多是為能新創力量面對當下現實（actuality），用以補足那份心
靈精神上對失落過去的空虛。

　　而進入鄉土文學的原鄉書寫，則由於扎根鄉土的社會意識高漲，
回歸鄉土關懷現實的寫作精神倡行，是故我們所見到的吳晟能以溫情
素樸的文字深刻鮮活地記錄留存臺灣農村的記憶，阿盛則以厚實磅礴
的心靈真情柔和地采風說唱鄉野舊事的今昔，他們二人的作品表現在
原鄉書寫的虛實交織點上，是透過對過往美好事物的追憶思懷，用以
呈現當下現實中農村崩壞土地失落的滄桑無奈，是在記憶之網的篩擇
下「自然」地留存質樸敦厚的農村倫常土地情懷，用以映照現代文明
工商社會都市生活的變異錯亂，此時此刻之鄉情或早已是被刻意留存
之虛實交織的「異鄉」情調。再者，相對於留存記憶思懷過往的作者

---

11 鍾怡雯：《亞洲華文散文的中國圖象（1949-1999）》（臺北市：萬卷樓圖書公司，2001
　　年），頁7。

來說，陳冠學的田園日記則可謂獨立奇格，在棄絕塵世遁居鄉野的親體農耕生活下，他以「當下現實」進行昔日田園生活的理想世敷陳，所採取的策略並非回到過去而是以現在重現過去，令人不禁突生恍惚錯置之感，亦真亦假是實是虛，他所展現超脫現實的異鄉情調似更見高超誘人。

這種立基於過往真實回憶且穿梭當下現實，充滿異鄉情調之虛實交織的原鄉書寫，其傳統寫實主義之模擬信條已逐漸游離模糊，進至後來強調本土意識的八〇年代文學書寫則更見開闊之姿。究其所以能出現如此開闊之發展契機，主要關鍵應是此時的原鄉追尋之動力已與之前有別，從懷鄉戀土轉為探本溯源之自我徵逐，這樣的轉異就足以擺落原鄉情愁於時間必回至過去的宿命，「未來」的參與將激碰出新的想像火花，讓原鄉書寫的虛實交織進入當下現實與未來虛構的綿延交錯，然而當下現實之「實」是實或虛，未來虛構之「虛」是虛或實，足堪令人玩味。再者，除了時序錯置的變異表現外，這類書寫在空間位移方面也有極大的突破，因為過去作家在不同時代或社會背景所折衝的原鄉書寫，從中國鄉土到臺灣鄉土，一個明確可指的地理位置似乎重要性不再，代之而起的是可脫意義固定的土地之縛，而朝向無空間定點的開闊寬廣之愛。

從「未來虛構」與「無空間定點」的角度來觀察原鄉書寫的演繹轉化，相信更能看出它的發展潛能，因為如此，才能有機會出現像陳列這般的人間行旅者，以寬博的人文襟懷用心收納同是土地上的歡喜憂愁，戀慕珍愛於土地所滋養的人間眾生山海自然，並由此發出對生命生存的尊崇敬畏與信心勇氣，這讓作品的精神氣勢更見一番新象，打破過往憂思惜舊的凝重情懷；也是如此才能見到像劉克襄這樣的自然觀察家，長期執著於自然生態的人文追索，不斷深化關懷自然領域的可能，從尋求自我生命意義出發，到發現自我存在價值的責任，他

終為自己找到一個舒緩心靈的美麗世界，卻是充滿唐吉訶德的精神毅力，在那值得且必須投注心力的關懷領域，以超越常人的辛勤努力深情地注目自然萬物景象，提警我們親近土地從而滋發養護土地之責；雖說陳列與劉克襄二人在作品表述上所注目徘徊之土地，只是停留在生於斯、長於斯的臺灣，但他們所關注的視野與展現的氣度，卻已超脫定點土地之縛。這些觀點對於原住民作家夏曼・藍波安來說，意義則更顯非凡，重回蘭嶼母體文化的懷抱，透過傳統生產技藝的勞動實作與部落耆老智慧的經驗傳承，親體達悟文明飛魚文化的海洋朝聖者，在一篇篇充滿海洋氣味的作品裡，寄寓的是夏曼為了實現一個有希望的夢，那就是企圖營造族群文化自信再生的泉源。

從上述充滿異鄉情調的原鄉作品分析中，[12]可以發現時間、空間、情感、思想，的確在原鄉圖像的建構過程裡產生相當作用，成為原鄉書寫中虛實交織特性的重要影響因素。是故透過作品本身所呈現出的這些觀察點，進行並置串連的深入比較，從而尋索其演繹轉化的脈絡，我們會發現在時序錯置方面，過去懷舊／當下現實／未來希望，雖是交雜互現但仍可辨識孰重孰輕，且有往前行進的遞移現象，由過去懷舊朝向未來希望的發展趨勢；至於在空間位移方面，雖有顯

---

12 施淑認為：「從六〇年代到七〇年代，從『無根的』現代主義到『回歸的現實』的鄉土主義，對於這兩個階段的創作，自會有千差萬別的評價。但有一點可以確定的是，不論無根或回歸，它們都誕生於臺灣歷史的黑暗時刻，都成長於臺灣社會發展的危機階段，而且都在逐一清除歷史的沉渣，逐一彰顯向現代化走去臺灣的現實難題的同時，發展和建立一個對立於體制，而且不妥協於現狀的文學傳統。這異端的聲音，留給現當代臺灣文學工作者一個認識上和認同上的難題：現實臺灣，是否存在於必須從時間搶救回來的過去？抑或想像中的未來在現實裡的投影？」請參見施淑：《兩岸文學論集・現代的鄉土》（臺北市：新地文學出版社，1997年），頁309-310。然而，筆者認為這種相應於社會之「異端的聲音」，亦極適於說明作家充滿異鄉情調之原鄉書寫，看似不同的問題討論，但所指向的難題卻是一致的，現實臺灣的失落與原鄉的追尋，或許實為一體兩面之事。

著的中國鄉土／臺灣鄉土之轉移，但更值得期待的是無空間定點的開闊氣象，接續新創原鄉書寫之意涵。最後，可知的是在這些眾多因素的揉織下，若欲辨識原鄉書寫之「虛」與「實」，將會是一項充滿變化且興致盎然多端的認識。

五　解結

在新世紀的肇端，回首顧望前半世紀臺灣現代散文作品的發展，對其所呈現的原鄉書寫之興味，的確是十分引人注目且耐人尋味。因為在評析眾家原鄉書寫的演繹轉化過程中，我們透過對各個作家筆下精心設計之圖像的整理，欲藉以窺探其別具深意的原鄉書寫之圖構工程，然而在這些特意挑選之寫作符碼的指引下，所望見的不僅是作家匠心獨具之文學原鄉世界，更為重要的是，在文字背後他所置身的現實時空環境，就是在文學原鄉世界與現實時空環境的靜默對話裡，更豐富多元的討論議題將一一折射現形。

透過本論文針對臺灣文學發展過程中懷鄉、鄉土與本土認同等三大段落的文學風貌所作之整理，可以明白地看出現實時空環境的確相當程度地作用於時代人群的原鄉想像世界。從憂國離鄉下的懷鄉書寫，到現代工商文明沖刷下的鄉土書寫，以及臺灣本土經驗要求下的認同書寫，都在在說明文學原鄉世界與現實時空環境，實存著密切共生同存之聯繫，也有著互相證成之興味。所以，當我們回視過去文學發展過程中，每一個深具時代意義的代表性原鄉書寫時，就猶似在解開一個個以文學原鄉世界與現實時空環境所打出之精緻繁複的繩結，這樣的解結工作，不但挑戰味十足且意義深重。

在經過長達半世紀重要作家作品的梳理下，我們所看見的真實，是隨著時代變動更迭的他鄉現實時時牽動著精神原鄉的座落位標，

「鄉」的內涵與意義就在這樣不斷失落與追尋的反覆辯證過程中，一再地被塑造與創新，讓這充滿隱喻想像的精神心靈世界成為一個綿密不絕的對話空間。因而從原鄉書寫內涵所探見的身分認同思索，或能較為貼近人心顯露真情，無論懷鄉、鄉土、本土究其所指都應是文學世界中現實人生的表現，不該成為口號標語，也不該作為檢驗他人的規條，這樣的基本認知，將讓我們在面對臺灣社會的歷史文化發展過程，有更為接近真實的瞭解。

　　也因為如此，當我們面對文學發展歷程中所曾現形的原鄉書寫時，就不禁讓人意欲窺探其文字背面所同存之現實時空環境，這樣的探求出發是極其自然且必須的。經由這部分的整理與探討，主要是希望能具體提供一個屬於精神心靈的文學書寫世界，用以提點充滿現實意義的時空環境，讓文學作品的探析研究工作，不但能重顯其藝術創作所隱含的特殊意涵，同時更能成為一個討論議題的場域。透過這道解結的閱讀過程，將文學的微觀分析拓展至文化建構的宏觀探索，而能成為其他學科研究相關議題時的重要佐證。

主要參引資料

王德威，《小說中國》（臺北市：麥田出版，1993年）

江宜樺，《自由主義、民族主義與國家認同》（臺北市：揚智文化，
　　　　1998年）

余光中主編，《中國現代文學大系》（臺北市：巨人出版社，1972年）

周英雄、劉紀蕙主編，《書寫臺灣‧文學史、後殖民與後現代》（臺北
　　　　市：麥田出版，2001年）

邵玉銘等編，《四十年來中國文學》（臺北市：聯合文學，1995年）

施　淑，《兩岸文學論集‧現代的鄉土》（臺北市：新地文學出版社，
　　　　1997年）

尉天驄主編，《鄉土文學討論集》（臺北市：遠景，1980年）

陳惇等主編，《比較文學》（北京市：高等教育出版社，1997年）

陳義芝主編，《臺灣文學經典研討會論文集》（臺北市：聯經出版，
　　　　1999年）

楊　照，《文學、社會與歷史想像──戰後文學史散論》（臺北市：聯
　　　　合文學，1995年）

葉石濤，《臺灣文學史綱》（高雄市：文學界雜誌社，1996年）

劉克襄，《漂鳥的故鄉》（臺北市：前衛出版社，1984年）

鄭明娳主編，《當代臺灣政治文學論》（臺北市：時報文化，1994年）

盧建榮，《分裂的國族認同（1975～1997)》（臺北市：麥田出版，
　　　　1999年）

鍾怡雯，《亞洲華文散文的中國圖象（1949-1999)》（臺北市：萬卷樓
　　　　圖書公司，2001年）

張　寧，〈尋根一族與原鄉主題的變形──莫言、韓少功、劉恆的小
　　　　說〉，《中外文學》212期（1990年1月），頁155-166

凝視

凝視

　　嚴歌苓移民書寫關懷的是遷移寄居心靈面對不同文化差異的感知，及對此差異的高度疏離意識，認為是這個移民的特定現實存在狀態誘發內隱於人性的奇特敏感。以現象經驗紀實書寫的生命移植排異過程之〈女房東〉〈海那邊〉，與歷史建構想像書寫的百年魔幻時空之〈橙血〉〈魔旦〉，探討嚴歌苓如何以凝視（gaze）與差異（difference）的互成交疊作用，表達在多重凝視權力與差異敏感意識下追求自我主體的困惑與困難，藉以深刻描繪出移民處境下孤立異化的男性身影。

　　凝視（gaze）被文化與文學研究所重視，應始自於電影中的男性視角，探討被攝影機捕捉的女性，是以男性視角所被攝影描寫而凝視對待；設問女性視角下的男性將被如何描寫，而其效果又是如何？可以說，嚴歌苓作品中一系列移民男身的描繪敘寫，正在追求一種答案，男性如何被女性凝視視線所描繪敘寫，在異國凝視對待下移民男身已不是主流，而被迫處於邊緣的孤立異化，正是「回眸凝視」（returning the gaze）與「雙重迴射的凝視」（double reflexive gazes）之一種有力證詞。

凝視：移民男身

> 如果將他們從特定環境中摘出，我們或許永遠不會有機會發現
> 他們人格中有那麼豐富的潛藏，那麼深遠、神秘。
> 已不再是好聽的故事了。不僅僅是了。人物內在的戲劇性遠大
> 於外在了，因為那高倍數的敏感。
> 移民，這個特定環境把這種奇特的敏感誘發出來。
>
> ——嚴歌苓[1]

一　敘述

　　嚴歌苓，作為一個海外移民的華人作家，有著多元豐富的文化視
角與細緻敏感的心靈感悟，將己身真切的去國經驗在跨域書寫實踐
下，深刻敘寫華人移民的往事與今事，是九〇年代後相當受到注目質
量俱豐的作家，積極拓展海外華人文學的書寫可能。從嚴歌苓移民書
寫作品中所欲思索的精神內涵，可知其已有別於前行作家作品中對那
充滿濃重家園意識失落王國的追尋，而呈顯出華文文學離散敘述，另
一風格發展的當代意義。[2]

1　嚴歌苓：〈主流與邊緣・代序〉，《扶桑》（臺北市：聯經出版，1996年），頁II。
2　關於離散的當代意義之論述，請參見李有成：〈緒論：離散與家國想像〉，收錄於李
　　有成、張錦忠編，《離散與家國想像：文學與文化研究集稿》（臺北市：允晨文化，
　　2010年），頁7-45。他認為現今關於離散有必要採取較寬鬆的意義來理解，可包含移
　　民、流亡者、難民、外勞、僑民與族裔社群，讓離散成為一個饒富生產性的空間，

　　海外華人移民文學的書寫，既緣於外在大時代大環境的歷史變遷，更隨著創作者個人的生存際遇、精神氣質與書寫展現之不同，呈顯出繁複迷人的文學發展景象。在這個發展過程中，最初的文學高峰當是成就於七〇年代前後臺港旅美的作家群，其作品充滿著擺盪於原屬家國與現存居留地之間的差異對話，普遍瀰漫著無根與迷失的流離氛圍，這樣的文學精神圖像，白先勇曾精確地形容其為懷念「失去的王國」的「永遠的流浪者」，[3] 永遠置身在文化精神認同的身分困惑中，永遠背負著無所歸屬的飄泊離散（diaspora）印記。可以發現的是，這個離散印記一直持續浮現於其後的海外移民書寫中，不曾間斷，雖是如此，但我們也必然觀察到，因著離散經驗的繁複性與多元性，離散敘述的精神內涵也出現了層遞變化，除了接續的同質性外，也有了異質思索的增添，嚴歌苓的九〇年代移民書寫系列作品，自是不同於前行代作家作品，有著離散遷移敘述的當代意義。亦如馮品佳所言：「她筆下對於中國移民生活形態以及心理情境的刻畫，無論是手法或題材，皆與臺灣移民文學傳統不盡相同，尤其對於移民女性的描寫更是細膩，不僅賦予她們多重的象徵意義，也烘托出她們鮮明獨

並環繞於此對許多觀念進行認識與瞭解，這將對當代文學理論與文化研究具有啟發意義。立基於此，嚴歌苓九〇年代移民書寫系列作品已不能同質化於前行代作家作品。

3　白先勇對那代留於外國的自願放逐者概括為「流浪的中國人」，認為「被剝奪了文化繼承權後，流浪的中國人變成了一個精神上的流亡者；臺灣與祖國是不相稱的。他不得不繼續漂泊……無根的人，因此注定變成了一個永遠的流浪者……這個中國的流浪者懷念著『失去的王國』。」請參見〈流浪的中國人──台灣小說的放逐主題〉，收錄於《第六隻手指》（香港：華漢文化，1988年），頁54。對此，李歐梵認為雖然白先勇所指出流浪經驗是特殊的，但此一流亡經驗也是一種現代社會所面臨的「正常的、不可避免的地球上許多人類」之共同現象，廿世紀知識份子的流亡現象在西方傳統中「有一個難忘的精神家譜而自豪」的現象。請參見李歐梵，〈在中國話語的邊緣──關於邊界的文化意義〉，收錄於《現代性的追求──李歐梵文化評論精選集》（臺北市：麥田出版，1998年），頁490。

特的個人性格，使得嚴歌苓的作品儼然成為世界華文文學與華裔美國文學學者重要的研究新資源。」此外，他並同時援引單德興〈從多語文的角度重新定義華裔美國文學〉的看法，認為「對於重新界定華美文學來說，嚴歌苓探討移民經驗的華文書寫更具有開疆闢土的意義，屬於廣義的『多語文的美國文學』（Languages of What Is Now the United States），為長久以來是英文為唯一書寫語言的美國文學注入新血，也擴展了華美文學論述的研究範疇。」[4]

不過，相較於前述對嚴歌苓的移民書寫持正面肯定的態度，陳建忠卻有不同的意見，認為嚴歌苓多致力於故事情節營造，戲劇性是她的小說中永不缺乏的元素，雖然好看卻不見真情，批評「嚴歌苓沒有深入去寫真正移民女性的漂泊離散經驗（diasporic experience），去描繪語言、文化、性別、國族問題加諸（第三世界）移民女性的壓力及其後果，恐怕正是她通俗之所在。亦正是她得獎原因之所在，這個關於邊緣（移民女性）與正統（中國文學、通俗得獎作品）的辯證，說明女性移民書寫的『議題性』。也是『去政治化』的書寫，使嚴歌苓的女性移民議題變成一種普遍性的人性問題，而不是關乎美國女性移民的文化認同政治。」除此，陳建忠更意有所指地對嚴歌苓選擇和自己無甚關聯的海島發表作品，表示「除了台灣優渥的獎金誘惑與通暢的出版通路處使她選擇向台灣發聲外，嚴歌苓的小說真正試圖向台灣人講述的是什麼？我始終是頗為好奇的。」[5]

4　請參見馮品佳：〈嚴歌苓短篇小說中的華裔移民經驗：以〈栗色頭髮〉、〈大陸妹〉及〈少女小漁〉為例〉，《中外文學》第29卷第11期（2001.04），頁45。同時請參見單德興，〈從多語文的角度重新定義華裔美國文學：以《扶桑》與《旗袍》為例〉，收錄於《銘刻與再現：華裔美國文學與文化論集》（臺北市：麥田出版，2000年），頁275-291。

5　陳建忠：〈邊緣與正統的辯證——從嚴歌苓《海那邊》出發談移民女性書寫〉，網址：http://blog.roodo.com/sksen6912/archives/1895716.html。瀏覽日期：2015.04.18。

　　由此可知，我們能否把嚴歌苓的作品列入美國多語文文學作品或華語文移民文學等問題先不論，連能否列入臺灣文學至今仍有嚴重分歧，此乃嚴歌苓作品所發表、所發言代表的重層身分意義所致。

　　凝視（gaze）與差異（difference），兩個在現代文學批評與文化研究中常被提及的概念，環繞著自我（self）認同與他者（other）想像，由此探討著自我主體性的追求與建構，正能藉以探討嚴歌苓作品，是頗為適當的研究視角。凝視（gaze），拉岡（Jacques Lacan）透過視覺理論的觀念，將凝視定義為自我與他者之間的某種鏡像關係，凝視不是字面上所呈現的：被他人看到、或注視別人的意思，而是被他人的視野所影響。拉岡認為，在想像的關係之下，自我如何被置放在他人的視覺領域（field of the other）之中，以及自我如何看待自己的立身處境，是經由他人如何看待自我的眼光折射而成，人總是意會到他人與自我存在的關聯，透過這樣的帷幕（screen），來構成對自我的再現，也就是經由這樣的再現方式，凝視的權力關係因此得以形成。[6]差異（difference），在文化深層意義上，則強調多元文化中，對

6　相關內容請參見廖炳惠，《關鍵詞200：文學與批評研究的通用辭彙編》（臺北市：麥田出版，2003年），頁120。有關拉岡理論的基本論述，請參見 Lacan, J. *The Seminar, Book XI, The Four Fundamental Concepts of Psychoanalysis,* 1964, ed. by Jacques-Alain Miller, transl. by Alan Sheridan, W.W. Norton & Co., New York, 1977. 尤其本文的理論視角相關內容，第二章 OF THE GAZE AS object petit a, 6. The Split betweeen the Eye and the Gaze, pp.67-78. 第三章 THE TRANSFERENCE AND THE DRIVE, 14. The Partial Drive and its Circuit, pp.174-186. 對此進一步分析與介紹，請參見 Žižek, Slavoj, "Jacques Lacan's Four Discourses," Lacan Dot Com, 2008.（瀏覽日期：2017.08.15. http://www.lacan.com/zizfour.htm). 與 Žižek, Slavoj; Salecl, Renata (eds.), Gaze and Voice as Love Objects (Durham: Durham University Press, 1996). 其中尤對鏡像關係（Mirror stage）的介紹，請參見 P. van Haute., "LACAN, JACQUES," *Encyclopedia of philosophy*, 2nd edition, Detroit: Thomson Gale; New York: Macmillan Reference USA, 2006, p. 168. 他者（Other）的介紹請參見 Dylan Evans, An Introductory Dictionary of Lacanian Psychoanalysis (London: Routledge, 1996), pp. 133-135.

不同族群的語言、生活方式和社群組合，其身分、認同及屬性的差異都須予以認可（recognition），並尊重「自我」（self）與「他人」（other）間的歧異，而不是將個人的性別、階級、族群與既定的價值觀，強加在他人與其他社會上。[7]

本文雖然借用「凝視」與「差異」觀看視嚴歌苓作品中的男身書寫，但與其說是受此概念之影響，不如說是受其啟發，而注意到如何尊重「自我」（self）與「他人」（other）間的差異。要被尊重或受人尊重，必先了解彼此不同的認識，也就是透過差異（difference）的認知基礎上，互相認清所謂凝視關係或由此引發之權力折射之多層涵義。這都能凸顯本文將借用「凝視」與「差異」概念重新解析嚴歌苓的部分作品中的男身研究之必要和可行性。

二　移民

嚴歌苓對自身遠離故土的痛楚經歷，曾有著極其具象的的描述，「像一個生命的移植——將自己連根拔起，再往一片新土上栽植，而在新土上扎根之前，這個生命的全部根鬚是裸露的，像是裸露著的全部神經，因此我自然是驚人地敏感。傷痛也好，慰藉也好，都在這種敏感中誇張了，都在誇張中形成強烈的形象和故事。」[8]她以連根拔起生命移植喻寫自己寄居別國的心靈感受，遠走故土游離他方，透過一個個海外華人移民故事的積疊，她有了精準的描述「錯位歸屬」，

原始素材中的一些人物啟發了我對 Displacement 一詞的思考。

7　關於「差異」語詞的精簡說解，請參見廖炳惠，《關鍵詞200：文學與批評研究的通用辭彙編》，頁81。

8　嚴歌苓：〈後記〉，《少女小漁》（臺北市：爾雅出版社，1993年），頁248。

> Displacement 意為「遷移」，實于我們這種大齡留學生和生命
> 成熟後出國的人，「遷移」不僅是地理上的，更是心理上和感
> 情上的……在我看來「遷移」是不可能完成的。
>
> 於是，我私自給 Displacement 添了一個漢語意涵：「無所歸
> 屬」。進一步引申，也可以稱它為「錯位歸屬」。[9]

因為遷移寄居伴隨而至的歸屬認同思索，在嚴歌苓認為這樣的當代移
民是一種形歸神莫屬的「無所歸屬」、「錯位歸屬」，然而這個不可能
完成的遷移，將是個持續進行式的遷移，無止盡的遷移就代表永遠的
游離，永遠雙重游離於祖國文化與異國文化之間，因為游離，所以邊
緣，永遠也不可能成為主流的感覺。

　　立於這種猶似生命移植的邊緣敘事，嚴歌苓關懷移民環境下的現
實存在問題，認為在這個特定的現實存在環境裡有著人性的複雜多
變，是這個遷移寄居的移民外在環境狀態誘發出內隱於人性的那份奇
特敏感，是這個特定環境給予小說人物充分的表演空間。因此，她著
意於遷移寄居的移民心靈面對不同文化差異的感知，及對此差異的高
度疏離意識，和由此高倍數敏感回應下在非常環境中層出不窮的意外
行為所折射出人格內在的秘密，

> 在如此的敏感程度下，人對世界的認識不可能客觀，不可能
> 「正常」。任何事物在他們心理上激起的反應，不可能不被誇
> 大、變形。人的那些原本會永遠沉睡的本性不可能不被驚動，
> 從而給人們一些超常的、難以理喻的行為。對自身、對世界失

9　嚴歌苓：〈錯位歸屬〉，網址：http://www.yourandu.com/big5/yourandu/579/26228.html。
　　瀏覽日期：2015年4月28日。

常的認識，該是文學的緣起。[10]

因此，她對於自己作品內涵的定位是：「我總是希望我所講的好聽的故事不衹是現象，所有現象能成為讀者探向其本質的的窺口。所有人物的行為的秘徑都衹是一條了解此人物的秘徑，而條條秘徑都該通向一個個深不可測的人格的秘密。」[11]高度疏離意識的移民心靈所呈顯的人性幽微，在嚴歌苓筆下的基調是既定的而無可逆轉的，「移民，這是個最脆弱、敏感的生命形式，它能對殘酷的環境做出逼真的反應。移民，也就註定是充滿戲劇性的，是註定的悲劇。」[12]

就目前的研究文獻而言，可知對於嚴歌苓移民書寫作品多集中關注女性視角的問題探討，[13]相較下，對於作品中主要或次要男性人物的相關討論就顯得稀薄許多，本文選取嚴歌苓移民書寫創作初期與〈少女小漁〉幾乎同時的得獎作品〈女房東〉、〈海那邊〉二篇，[14]以

---

10 嚴歌苓：〈主流與邊緣·代序〉，《扶桑》，頁II。

11 嚴歌苓：〈主流與邊緣·代序〉，《扶桑》，頁I。

12 嚴歌苓：〈挖掘歷史的悲憤·扶桑得獎感言〉，《扶桑》，頁V。

13 關於嚴歌苓作品的評論與研究資料，可參見王怡婷〈悲憫與救贖——嚴歌苓小說之研究〉（臺北市：臺灣師範大學國文學系在職進修碩士論文，2010年）中「文獻探討」之詳盡彙整，而其中移民書寫部分可見多是立於女性視野下移民經驗之探析。另外，在葉如芳〈嚴歌苓的移民女性書寫〉（臺中市：東海大學中國研究所碩士論文，2000年）第二章「小說中移民女性的主體建構」的「女性移民對中年移民挫敗者的同情」一節，則整理〈海那邊〉、〈處女阿曼達〉、〈女房東〉、〈拉斯維加斯的謎語〉、〈茉莉的最後一日〉、〈屋有閣樓〉六篇，簡短精要地描述位居「社會底層中年移民男性」的焦慮心理，說明嚴歌苓以一個女性的觀察，企圖深入男性移民的內心世界與尷尬處境以展現離散文化深刻的反省批評。

14 〈少女小漁〉（1992）獲第三屆中央日報文學獎短篇小說第二名，〈女房東〉（1993）獲第五屆中央日報文學獎小說類第一名，後收錄於《少女小漁》；〈海那邊〉（1994）獲八十三年度聯合報文學獎短篇小說第一名，後收錄於《海那邊》。

及可視為與《扶桑》加場男身版的〈橙血〉、〈魔旦〉二篇，[15]探討嚴歌苓在奇特敏感的移民環境下如何描繪塑造移民男性身影，如何在現象經驗的紀實書寫與歷史建構的想像書寫中，以男性視角呈現高度疏離的移民意識，這部分將摻以文化研究與文學批評中的關鍵概念「凝視（gaze）」與「差異（difference）」進行參照梳理，以自我（self）認同與他者（other）想像，探討移民男性的主體追求與建構，希望能經由此概念性輔助，進行對文本的觀察與分析，以得到另一種詮釋角度之可能，並經此申述隨著作家創作視界的推演與深刻其在作品呈現上所出現之變化。

三　排異

　　嚴歌苓赴美留學初期曾先以英文創作，透過片段故事的接續方式完成了《天浴》，而此時的作品場景與思索仍停置於中國土地，但隨著親歷寄居異域「錯位歸屬」的種種衝擊，在現實生活前景一片黯淡絕望下，所蓄積的深厚內蘊情感讓她關注於當下此刻，看見自己也看見別人，知覺到中國移民生活在特定環境下所生發的奇特敏感意識，

> （中國移民）他們的經歷和生活都非常獨特、有意思。新環境
> 排斥我們，它不能完全吸收我們，我們也很難完全適應它，在
> 這個過程中會產生很多故事。生命移植的排異過程值得通過文

15　《扶桑》（1996）獲第十七屆聯合報長篇小說評審獎，〈橙血〉發表於《聯合文學》第14卷第12期（1998.10），後收錄於《風箏歌》（1999）；〈魔旦〉發表於《聯合文學》第15卷第12期（1999.10），後收錄於《誰家有女初長成》。《扶桑》是嚴歌苓返向回溯華人移民史的起點作品，其後著墨浸潤於此早期華人移民史，接續創作出〈風箏歌〉、〈橙血〉、〈魔旦〉、〈乖乖貝比〉等，而其中〈橙血〉、〈魔旦〉二篇的主要人物是移民男性。

　　學記錄下來。那時候我寫了〈女房東〉、〈海那邊〉等短篇小說。[16]

　　因此，生命移植排異過程的奇特敏感意識，可說是嚴歌苓一系列移民書寫的始點，環繞這個中心點探觸多個外在生活條件相異而內在意識卻歸趨於相同的移民心靈。她在赴美初期階段接續創作出〈栗色頭髮〉、〈少女小漁〉、〈女房東〉、〈學校中的故事〉、〈紅羅裙〉、〈海那邊〉、〈大陸妹〉等，這些創作始點一致的作品彼此間便產生連鎖相扣的互見效果，呈現出一個交織豐富的高密度移民書寫。

　　〈女房東〉以一件女性蕾絲襯裙串出移民男性的孤寂心靈，嚴歌苓說：「我從睡衣這一角度來寫正處於遷移過程中的人的痛苦。假如他不是一個移民，肯定不會敏感到病態的地步。他感到了疼痛、孤獨和對溫情的渴望。最後，與她失之交臂了。」[17]這個中國男性老柴因為經濟學碩士的老婆辦到美國（移民）後便被迫離婚了，一個四十八歲窮光蛋，只能白天上學、晚上送外賣，沒野心只想找個女人作伴，受惑於租屋處的女房東，成天整夜沉溺於垂吊如花穗藤蘿般的女性內在衣物，遐想那位未能謀面神秘誘人的西方女子，最終驀然醒於自己終老至今未曾真正愛過。

16　陳鵬，〈嚴歌苓憶美國生活：文學是我安放根的地方〉，《光明日報》（2015.03.19）。網址：http://culture.people.com.cn/n/2015/0319/c22219-26717223.html。瀏覽日期：2015年4月18日。

17　同前註，嚴歌苓亦表示此篇的創作機緣是「有一天早晨，我走在舊金山的大街上。當時，霧還沒有完全散，但是太陽已經出來了，霧裡帶著陽光。我看見路邊樓上的一個窗子裡掛出來一件淺粉色的睡衣，半透明的蕾絲上沾著水霧。當時我在想女性怎麼可以有這麼美的睡衣？換做男人看見了，會不會覺得這件衣服比它的女主人還要美呢？哪怕是個很可怕、很兇惡的女人。這件睡衣卻包含我對最美女人的所有幻想。以此為靈感，我完成了短篇小說〈女房東〉，刻畫在美國主流文化排斥他族文化的大背景下，一個小人物的命運，包含著我對移民們的孤獨、痛苦的理解。」透過想像，表達那種被主流排斥隔離的同情理解。

　　作品中有幾處老柴的獨角戲，或深或淺，不自覺地透露內心的孤寂，在淺層認知上，他認為「自己在四十八歲的年齡上模樣是不壞了，沒有胖也沒有禿，幾顆老年斑，這樣刨刨頭髮可以遮上，成人大學堅持上下去，總會找著個女人。」（《少女小漁》，頁 59）但這充氣般的自信自在就在掉入神秘誘人白人女房東的想像時頓時消氣，只是一張隨意撿著的揉皺紙巾，而「那紙巾上的紅影與濕意，使他幾乎看見了那隻揉著它的手。由手延上去，臂、肩、頸，再延上去，是塗了淺紅唇膏的嘴唇。」（《少女小漁》，頁 61）內心沒說出口的翻騰撩人想像，具現而外就成了這般的行為舉動，

> 老柴發現自己捧著帶朦朧氣息、潮濕和色澤的紙巾發怔。他忙扔下它，走開，卻又馬上折回來，將那燈撐亮，書打開，紙巾擱回原位。不懂為什麼這紙巾就讓他狠狠地心亂一霎。從這紙巾上他似乎對沃克太太一下子窺視太多，他不願她發覺這個窺視。（《少女小漁》，頁 61）

接隨紙巾墊場而出的主場是仰望透窗，「浴室整個是淡綠的，一個極大的淡綠浴池，是橢圓形。浴池上方琳琳瑯瑯的，細看原來是一些女人的小物件垂吊在那兒。兩條粉黃的內褲，肉粉色乳罩，淺紫水藍的手絹，淡白、銀灰、淺棕的長絲襪籐籮似的垂盪著。……怎麼會這樣好看呢？斜斜地、有致無致垂吊了一桿，每絲小風都擺弄著它們的剔透與精巧。」（《少女小漁》，頁 62）這一桿垂吊成了老柴自以為是的另一種邀請，而當真正擅自入室時，一件半透明的絲質襯裙在「淺綠的地面上，有灘淺粉像浮在一汪水上。它那麼薄，那麼柔軟，老柴覺得它是一個好看的身體蛻下的膜；那身體一點一點蛻下它，它仍保留著那身體的形與色，那光潔與剔透。」（《少女小漁》，頁 69）順勢點

燃身體深處的激動與迸發出的極度燥熱，一刻閃動而過的危險意識，

> 他卻拈起了那條襯裙。它竟是真實的，物質的它竟有質感。它
> 滑涼、纏綿的質感那樣不可捉摸，像捧了一捧水，它會從他指
> 縫流走，然而他卻不敢用力去捉摸它，生怕毀壞了它，他不知
> 如何是好地捧著它。那不可名狀的危險直逼而來。
> 老柴以全速離開了浴室，回到自己的臥室，並關緊房門。定定
> 地站了許久，他才感到自己不是空著手，他手裡仍握著它。它
> 不再涼滑，被他的手汗漬濕，皺縮成一團。它不再有掙扎溜走
> 的意思，那樣嬌憨依人地待在他的把握之中。老柴忽然想到，
> 自己四十八歲的生命中頭次有了這麼個東西。他湊近，嗅了嗅
> 它，沒錯，浴室那令他失常的氣味中便是混合了它的氣味。
> （《少女小漁》，頁 70）

猶如一齣自導自唱的獨角戲，無奈斷然結束一切自以為是的想像，離
別前夕的老柴「和衣上床，仰面躺著，想不起在哪裡愛過，也想不起
在哪一刻失落一個愛。兩行淚爬出來，流到兩耳的拐角，冰涼地蓄在
那裡。」（《少女小漁》，頁 78）他像老了一樣緩緩走出這一遭。

　　有別於〈女房東〉的尋常氣息，〈海那邊〉裡癡傻誠篤的泡
（Paul）人生辛酸就顯得重多了。有著旁襯的非法移民李邁克，因礙
於身分問題僅能輾轉於黑工待遇，吞忍著工作中的不平等與威脅，結
果仍遭到遞解遣返大陸的命運：也有雖是合法移民卻僅能終身癡傻無
腦地侍主，自然也就被主人視作牲口般，像條跟了三十年的狗一樣對
待著的泡，不被旁人當人看總是被占便宜，是一個不具任何威脅可能
的隱形人物，卻在唯一擁有的希望破碎後，那個等，等在海那邊，等
著他的那個女人沒了，他做出凍死主人的激烈回報行為；李邁克與泡

雖有著種種不同的人生起點，卻在終點上有著相近的孤寂破滅。

嚴歌苓以慣常透視人物眼睛的方式來描寫泡，泡有著兩只馬來種的大黑眼睛，「看著這雙眼，誰都會想：不會有比它們更空洞單純的東西了。白眼球上已有了些渾黃，是肥胖和衰老的症候。泡至少五十了，濃密的頭髮白了半數，臉上因多肉而不見顯著皺紋，但萎縮了的嘴唇，以及因嘴唇萎縮而延長了的人中使泡有了副類人猿的面孔。」（《海那邊》，頁 47）一個類人猿的形象塑造就將泡與現實時空拉開距離，他不融於現實環境且從未享有過別人的接納理解。

故事開端的女學生事件，透過王先生、李邁克、泡的前後交錯對話，呈現出那外在誠篤癡傻模樣的泡，有著被外人理所當然地忽略與自己未曾細想察覺的肉體虛空，

> 一線口涎從他鬆開的下唇垂滴下來，在空中彈了彈，落到一只春捲上。沒人留意過他的表情。如泡這類傻人往往有種不與世道一般見識的超脫表情，這表情往往是快樂的，而泡卻不是，泡是個最不快樂的傻人。泡明白自己是傻子，就像狗明白自己是狗。而狗樂意做狗，泡做傻子是不樂意的，不得已的，他只是盡心盡力地做這個傻子；因為他知道除了做傻子，自己什麼也做不了。泡甚至明白傻子的意義，其中之首就是傻子不能有女人。（《海那邊》，頁 49-50）

這個痴胖的五十歲男子，從被人認定命裡沒女人，到擁有一張女郎照片，在海那邊等著他。女人，一張臭烘烘的照片，等在海那邊，填補了肉體心靈虛空的嚮往，此後泡的笑是從大黑眼裡怒放開來，「這笑或許是泡唯一沒被癡傻汙染掉的那部分靈魂。」（《海那邊》，頁 54）而這份遙遠堅定的巴望對映出長久蓄積的孤寂，愈希望就顯得愈孤

寂，因此一旦沒有了那個等，沒有那個等著他的女人，蓄積的孤寂以駭人舉動作為迸發流瀉的出口。

由此，嚴歌苓赴美留學寄居異域的歸屬衝擊，在她的作品中生命移植排異過程書寫逐漸浮現，這一排異過程間接說明嚴歌苓嘗試從當下問題意識轉為歷史追溯而化為大氣候，這是一種突破，也是一種進階發展。

四　魔幻

　　嚴歌苓在留美初期的移民書寫，受種種外在環境限制下先以短篇重拾創作，但經過五年的蓄積與經營，她在〈海那邊〉得獎感言中意有所指的寫到「移民文學將成大氣候」[18]，隨後完成了長篇作品〈扶桑〉，開啟個人創作另一階段。若以長篇《扶桑》為立點，確能明顯看出其前後作品的差異，作家透過取材的轉變展現其創作企圖，嘗試將移民心靈由當下時空的單點延伸進歷史敘寫，拓展更多書寫的可能。而繼之的〈橙血〉、〈魔旦〉可說是《扶桑》的男身加場版，當移民男性置身於女子扶桑的魔幻現實主義式的生態環境時，[19]將會出現

---

18 請參見嚴歌苓：〈挖掘歷史的悲憤·扶桑得獎感言〉，《扶桑》，頁 V。她提到「近三、四年來，我在圖書館鑽故紙堆，掘地三尺，發覺中國先期移民的史料是座掘不盡的富礦。……我始終在一種悲憤的情緒中讀完這些史書，中國人被凌辱和欺歷史實驚心動魄，觸動我反思：對東、西方從來就沒停止的衝撞和磨礪反思，對中國人偉大的美德和劣處反思。」

19 在〈橙血〉、〈魔旦〉所設定的時空場景，猶似嚴歌苓對《扶桑》女主角的生態環境描述一般，「那樣的生態環境不像真實的，而近乎魔幻現實主義式的（Surrealistic）」，「在這樣一塊充滿魔幻（Fantasy）的土地上，出現了一群梳長辮子的男人和裹小足的女人。他們是遠涉重洋而來，以一根扁擔挑著全部家當，在城市的東北角落建立起一種迥然不同的生活方式。」「在舊金山東北角落逐漸形成的唐人街對於西方人來說是個謎，是個疑團。他們自閉的社會結構，自給自足的飲食起居，奇特的衣著

何種景象？

中國髮辮在嚴歌苓創作《扶桑》時的認知象徵是：「在美國人以剪髮辮作為欺凌、侮辱方式時，他們感到的疼痛是超乎肉體的。再有，美國員警在逮捕中國人後總以革去髮辮來給予精神上的懲罰。這種象徵性的懲罰使被捕的人甚至不能徹底回歸於的同類。因此，辮子簡直就成了露於肉體之外的，最先感知冷暖、痛癢的一束赤裸裸的神經。」[20]髮辮的革去與留存，自我意志與扭曲壓迫，移民融入與同族回歸的認同選擇，成了一道多重複雜的難題，而〈橙血〉中甩盪於通篇的那根辮子，正是主角黃阿賢多方存在的重要象徵。

在橙園莊主白人瑪莉的眼中，三十年前那一車拖著鼠尾辮走進製衣廠的中國男孩中，她一眼就看出阿賢的不同，這個中國男孩幼小雙手在釘鈕扣時的微妙動作和那帶泥垢的指甲，讓殘弱的她忘乎所以地邁出歪扭平衡的畸形身軀；而三十年後，在欣賞園藝聞名的阿賢宰殺自栽的橙子時，那帶有幾分女氣的手指，那果斷、靈巧、狠毒也都是女性的，這讓她填補那不曾被異性追求的滿心優越。除了有一雙營於生計的巧手外，「阿賢有副無力的笑容，它使他原本溫良的一雙小眼睛成了兩條細縫，構成瑪莉和其他白人心目中最理想的中國容貌。」（《風箏歌》，頁 187-8）對瑪莉而言，這些與眾不同尚不及於那根辮子對於阿賢存在的象徵意義，

> 十年前他（阿賢）要和城裡的中國男人一樣，剪去辮子；瑪莉卻說，除了的小眼睛和他萬能的、女性十足的手，她最愛他那條黑得發藍的辮子。

和裝飾，使人們好奇同時亦疑惑，欲接近又排斥。」請參見嚴歌苓：〈從魔幻說起〉，收錄於《波西米亞樓》，頁200-201。

20 嚴歌苓：〈主流與邊緣・代序〉，《扶桑》，頁II。

> 他爭辯了一句：「我的祖國革命了，所有進步人士都剪掉了辮子！」
> 瑪莉馬上駁回來：「我討厭政治！我愛美好的古老年代！請不要破壞一個可憐的女人最後一點對古典的迷戀，我的孩子！」（《風箏歌》，頁189）

可是，當場景換至阿賢一手創造的血橙王國，當他遇見那身穿月白上衣，黑裙子及踝，手上挎個橢圓竹籃的中國女子銀好，內心湧現一股近似失散重逢的混亂欣喜，

> 女人用一雙烏黑的眼睛把他橫著豎著地看，他給她看得兩耳滾燙。女人突然露出顆粒很大的方正白牙笑了笑，說：「大哥真是我們中國人？」……
> 阿賢找來果盤和刀，動作欠些準確地為她切橙子，血樣的汁水染了一手。一場忙亂下來，阿賢盤在頭頂的辮子也散了，順肩膀滑落到胸前。
> 女人唆著一瓣橙子上的血汁，說：「你不知人家十年前就剪掉辮子了？」阿賢祇做出顧不上聽她的樣子。辮子刺癢地拖在那裡，前所未有的多餘。（《風箏歌》，頁196）

一是應聲進出起居室放下盤在頭頂辮子的阿賢，一是打點橙園林子將辮子繞在頭頂的阿賢，同一個阿賢、同一根髮辮，可甩盪於莊主白人瑪莉與中國女子銀好之間，卻成了美好年代的古典迷戀，成了革新務去之舊時陳物。一往一復的甩盪辮子，阿賢那身處魔幻時空潛藏

內心的差異意識，[21]就這樣一點一滴地聚攏而成型。有一次橙園來了一夥欲買血橙的中國果商們，「個個像看怪物一樣看著他精細的綢袍馬褂和一根辮子。這夥中國人的髮型同洋人大致相同，祇是西裝不合體，領帶更顯得謬誤。他們的嗓門都很大，像他霧濛濛記憶中的鄉鄰。」（《風箏歌》，頁 195）可是在瑪莉拒絕下交易未成，中國果商們一無所獲地走了，走在最後的那個對阿賢說：「你看上去像中國人，原來不是啊。」（《風箏歌》，頁 195）更別說那些年年來橙園度假的瑪莉姪女多爾西親人友朋，「這才是他印象中的正宗的中國佬，多麼典雅的絲綢衣飾，多麼俊美的髮辮！他們在橙園中架起相機，眾星捧月一樣與阿賢合影……阿賢成了一個著名的固定景物。在相機的取景框裡占著永恆地盤。」（《風箏歌》，頁 189-190）

這所有的一切，就在銀好的一句問話：「那你自己的頭髮也不做主嗎？」（《風箏歌》，頁 198）阿賢決定跨離那身處四十年的魔幻時空，正面迎視潛藏內心的差異意識，

> 他再次意識到，這四十年來的上等生活使他錯過了什麼。他的確錯過了很多。天將黑時下起雨來，阿賢希望能看見那條土路上跑來銀好帶斗笠的身影。雨把黃昏下亮了，阿賢等得渾身濕透，辮子越來越沉。（《風箏歌》，頁 201）

那代表著古老、優雅和謙順的辮子越來越沉，終被齊根剪去，阿賢從

---

21 這份潛藏於中國移民心靈的差異意識，嚴歌苓也曾在《扶桑》創作時論及，「這是兩種文化誰吞沒誰、誰消化誰的特定環境。任何人物、任何故事放進這個環境中絕不可能僅僅是故事本身。由於差異，由於對差異的意識，我們最早踏上這塊異國土的先輩不可能不產生一種奇特的自我知覺；別人沒有辮子，因此他們對於自己的辮子始終有著最敏銳、脆弱的感知。」請參見嚴歌苓：〈從魔幻說起〉，頁214。

「親愛的孩子」成了「糟蹋橙果的禽獸」。這個離開是裂絕壯烈的，離開橙園、離開白人瑪莉、離開中國女子銀好、甚而離開自己。

　　嚴歌苓則在〈魔旦〉中透過一座位於地下室的「中國移民歷史展覽館」，成功的營造出異於常時常景的百年魔幻時空況味，

> 展覽館有一個大客廳的尺寸，還有兩截走廊，兩個拐角，都作展廳用，排著圖片和實物。整個空間的拼湊使豐富的陰影更加濃重。它的門比街道矮一層，是那種租金最低廉的公寓改建的。看見「中國移民歷史展覽館」的招牌時，要麼你錯過它的入口，要麼你就像落進了陷阱一樣落了進來。錯過它的人是絕大多數，我就是一腳踩虛落進來的。後來來多了，才覺出階梯的存在；階梯是那樣陡的一拐，把你認為是下水道出口的地方拐入了展覽廳。（《誰家有女初長成》，頁 4）

　　透過主線阿玖這個奇人奇物的故事，其實真正述說的是那個猶似自我流放的蒼涼年代，由阿玖、阿陸、阿三人在不同時空中所交織成的「金山第一旦」[22]，這是中國移民唐人街的好東西，它讓乏味單調生活有了近似「癮」的功效，

> 阿玖屬於 30 年代唐人街的顯赫人物，當時是十六歲。棕色調的黑白照片上，阿玖模糊得祇剩了些特點：眼睛奇大，嘴巴奇

---

22 嚴歌苓在此處不由地以敘述者之口說出：「老人溫約翰說，其實是『關山第一旦』。當年的華人把此地稱為『關山』，而不是『金山』，粵語的發音把『關』與『金』弄混淆了。我遺憾唸誤的『金山』今天登堂入室成了正宗名字。『關山』其實把那時離鄉背井的被迫心情，那種自我流放的蒼涼感體現出來了。」請參見嚴歌苓：〈魔旦〉，《誰家有女初養成》（臺北市：三民書局，2001年），頁8-9。

小，下頦從兩頰剎不住地往下尖，成了張美女漫畫。

阿玖身後，睡蓮苑所有的生旦淨末丑都在，更不清楚，當時的鏡頭焦距是對準阿玖一人的。照片下面有一行英文評說，大意是：看這個小美人兒，能相信她是個男孩嗎？（《誰家有女初長成》，頁3）

幽幽的一張美女畫像，[23]是她？是他？從那身穿白竹布長衫初登舊金山碼頭男女莫辨的十二歲阿玖說起，到登臺劇照裡「腰纏得兩個虎口上去會指頭碰指頭；眉毛也拔齊了，祇有一線細的影子；嘴巴抿上已夠小，塗了色就成了一粒鮮豔欲滴的紅豆。」（《誰家有女初長成》，頁5）再到老人溫約翰手裡一張枯黃報紙上的相片廣告，

他指著上面一張照相館的肖像照片說：「這是離開戲臺之前的阿玖。」它是一張照相館的廣告，並沒有說明這個留分頭，穿西裝的年輕男子是誰，老人說：「照了這張相片之後，阿玖就不再唱戲了。」（《誰家有女初長成》，頁15）

三張照片連成了阿玖自己的戲夢人生，人生中臺上臺下串場而出的，有那聽說中俊美無比仙女一般的阿三，但人生的最後慘劇卻是立在一

---

23 嚴歌苓在〈魔旦〉中沒說盡的阿玖，我們似能以《扶桑》補足，因為彷彿相同的接觸就發生在展覽館中，「我在一本圖片冊裡看到一幀照片，尺寸有整個畫冊那麼大，因此照片中的女子看去十分逼真；從神態到姿態，從髮飾到衣裙質地，甚至那長裙下若隱若現的三寸金蓮。這是一八八○年代的一個中國妓女，十分年輕美麗，也高大成熟，背景上有些駐足觀賞她的男人們，而她的神情卻表示了對此類關注的習慣。她微垂眼瞼，緊抿嘴唇，含一絲慚愧和羞澀，還有一點兒奴僕般的溫良謙卑，是那盛服掩飾不住的。我端著這張大照片看了很久，她對我突然產生了謎一般的吸引力（Fantasy）。」請參見嚴歌苓：〈從魔幻說起〉，頁203。

株猶如火炬般的白楊樹上，「整個地著火起來，從樹上墜落到一片火海裡，閃閃發光地翻捲。」（《誰家有女初長成》，頁 8）更有據說在暗地裡展開一場極其慘烈戀愛的阿陸，猶如犯下王法和年輕富有的白種姑娘私奔，人生的最後下場是慘遭謀害，成了一具沙灘上被棄置的風華正茂屍體；當然還有那一直在阿玖身旁如影隨形幽靈般的奧古斯特，五十多歲的他，個子不高、臉上皺紋密布、一副辛酸的笑容、一對自卑的眼睛，「照常，阿玖每出新戲，他都穿上一身隆重的黑色，堅硬的襯衫領使頭顱不可能產生任何輕浮和靈活的動作。」（《誰家有女初長成》，頁 22）但兩人間一場殊死情誼，讓原本平靜生活的人生盡頭走成「奧古斯特屍首是第二天清晨四點被發現的。匕首是從背後來的，刺得很俐落，因此奧古斯特的面部表情相當寧靜，連密布的皺紋也平展許多。」（《誰家有女初長成》，頁 28）這一遭遭的人生都在阿玖那張符號化了的美女面孔猶似活過般，走過這場魔幻時空歷險的阿玖，裂絕一切，最後選擇的人生是「唱戲唱到他從會計學校畢業，真的就混入了穿西裝打領帶的金融區人群。」（《誰家有女初長成》，頁 28）而那個唐人區著名粵劇花旦就這樣地成了曾經。

嚴歌苓回到華人移民世界的曾經，除了開拓更多書寫可能之外，也許嚴歌苓有更大的企圖，不僅重塑華人移民排異過程的內涵，更是透過華人移民歷史書寫，被差異對待的、被凝視過的邊緣身分與主流社會對話，更與百年來華人移民歷史對話。由此嚴歌苓的創作，不僅是差異對待與被凝視過的華人移民社會的深度了解拓展，更是對美國主流社會喊出此一移民敘述的歷史性與現實性意義。

五　男身

在嚴歌苓移民書寫的初期作品中，專注於女性內在心靈精神表

達，無疑是其自身親歷實境下最亟欲表述的真實感受，我們能從作品中聽見在異域生活文化碰撞衝擊下，隙縫生存裡的各種聲響，那是一種獨屬於移民女性的聲音。這些聲響富含著遷移寄居狀態下困頓迷惑與無所歸屬的種種幽微，但即是現實生存環境如此弱勢的女性，卻能在嚴歌苓寬容的同情與理解下，呈現出另一番天地高度與氣度。

嚴歌苓赴美留學初期作品裡所寫下的華人女性移民聲音，因為身處其境，她了解那種身處異域環境的不適狀態與不安全感，她將這份細微難以言說的內在心靈感觸，選擇最具象的語言溝通窒礙來表達傳遞，對巨大的東西方文化價值系統發出種種叩問，無異是一個深富意義的逆向思考策略書寫。因為異域生活對語言溝通情感表達有高度的敏感與靈感，這為嚴歌苓帶來文學創作的思索，她以語言溝通切入移民者的生活、情感、文化、身分、歸屬、甚而人性的探索，表現一個異域生存困境下寄居疏離、身分反思的普遍精神狀態。我們能觀察到在嚴歌苓赴美留學初期的短篇作品中，〈栗色頭髮〉、〈少女小漁〉、〈簪花女與賣酒郎〉中的女性主角，都是以語言隔閡的外在不適作為書寫表現，藉以進入遷移異域下的寄居心靈自我探問的種種。經由作品中不同人物、不同視角的語言敘述安排，巧妙地揉合交疊多種外在內在的表達，將一個移民特定環境隙縫生存下所碰撞出的各種聲響，盡可能的表現出來。〈簪花女與賣酒郎〉裡那場精神勝利般的結婚進行式假想，就對殘酷無情的外在現實作了翻轉顛覆；〈栗色頭髮〉中的女子在跌跌撞撞於一道道現實壓力矮牆，對自己的移民寄居生存狀況有更多的質問與困惑後，慨然聳矗於前的是一堵似乎攀越無望的高牆，那已非關外在現實而是對內在自我的種種探問；而〈少女小漁〉中框設於異域移民生活中的多組對照，在小漁好心眼的觀看述說下，也已遠遠超越外在表象人生選擇的不同比較，而是一顆掏洗篩揀後內在心靈的呈現。

　　嚴歌苓透過自己看見移民女性的同時，移民男性呢？若說嚴歌苓移民書寫是以女性話語為表現重點，此說雖無誤但猶有不全之處，因為她雖是以女性視角為創作初始，我們也發現作家隨即嘗試著立於移民男性不同角度，觀看這異域生活的種種變異，幾乎與〈少女小漁〉同期出現的〈女房東〉、〈海那邊〉兩篇得獎作品就是以男性視角為主，如此創作的嘗試轉變，必然有其意義存在。移民男性同樣有著異域生存下的弱勢處境，他們的艱難困境並不亞於女性，生活經濟壓力、情感精神依存、文化身分認同的迷失與困惑所致的孤絕感深重瀰散於作品中，這些由男性身影所形塑出的畫面，確能增添補足那移民語境下女性話語的種種狀態，將移民寄居的生存外在現象增添得更細緻完足，而能與移民女性所面臨的生存環境並置同觀。但不同於前述以女性主角發聲的作品，作家並未選取強調以「語言障礙／溝通」進入異域寄居生活狀態，而將重點置於男性外在形象的形塑，以作為內在心靈的訊息傳遞。因此，在嚴歌苓移民書寫的初期作品中，對於女性人物與男性人物的塑造，呈現出極為顯著的差異。

　　差異敏感意識的百年魔幻時空，則是嚴歌苓從現時移民探入懷想當年移民，在「扶桑」女子的牽領下又一次窺看男性移民，有著百年時間的隔絕，空間場景自然也非尋常生活，〈橙血〉、〈魔旦〉中的男性所置身的移民處境，密針交織著華人移民史中的種種苦悶情結。嚴歌苓在〈橙血〉中毫不費力就讓黃阿賢成為百年來「西方觀照下中國人的樣板姿態」，那「一條中國男性的辮子，隱含了太多西方對古老中國想當然的假設，反映的是白人自以為是的民族優越感。」[24]可是她費心經營於男主角差異敏感意識的誘發，過程中一道一道門檻的邁

---

24 李仕芬：〈拖著長辮的中國男人——嚴歌苓的橙血〉，《文訊》204期（2002年10月），頁10。

足跨越下，終是齊根剪去那根長辮離開橙園，不顧後果地與曾擁有的一切裂絕。同樣的身影姿態也出現在〈魔旦〉中，重層疊影在唐人區三位著名粵劇花旦的數十年戲夢人生，舞臺上那似男似女奇物般的小美人兒雖可幻化成無數個美麗女子，但這份常人難及的美麗下了舞臺卻成了致命的原因，阿三、阿陸、阿玖三人的現實人生最終都以裂絕作結，是百年移民的魔幻時空背景，讓原本非是常情的事都可以得到解釋，讓荒謬變成合理，這樣反差效果襲致而來的是深沈的困惑苦悶。而這份百年移民的困惑苦悶，嚴歌苓是有意去探尋的，「我想寫淘金以後代代至今移民的痛苦，我們是第五代，每一代人的遭遇都不同，但困惑卻是一脈相成的，而文學正是苦悶的產物。作為今天的移民，這種被孤立、排斥、異化的痛苦，從來沒擺脫過，而且肯定也無法擺脫的。」[25]

六　錯位

凝視（gaze）與差異（difference），繞著自我（self）認同與他者（other）想像，探討著自我主體性的追求與建構。人總是意會到他人與自我存在的關聯，構成對自我的再現也就是經由這樣的再現方式，「凝視」的權力關係因此得以形成。差異（difference），在文化深層意義上，則強調多元文化並尊重「自我」（self）與「他人」（other）間的歧異，而不是將個人的性別、階級、族群與既定的價值觀，強加在他人與其他社會上。也就是說，這兩種觀點的注意力集中在於「自我」（self）與「他人」（other）間。

在本文討論作品中的移民男性身影塑造，正是這種多重凝視權力

---

25 呂澤加：〈荒涼而美麗的島嶼──「少女小漁」嚴歌苓談文學〉，《中央日報》18版（1996年8月17日）。

下對自我差異的高度疏離意識所形成。〈女房東〉中老柴的孤寂悲涼
透過那幾幕獨角戲的細密動作而悠悠地訴說著，但這場演出除了老柴
男主角外，其實有個更重要的凝視觀眾沃克太太參與，甚而可說是這
雙眼睛在主導主編掌握全局；而〈海那邊〉中泡的癡傻誠篤、肉體空
虛之形象所以能飽滿，除成於作品中的王先生、李邁克與那張臭烘烘
的女子照片外，更有在作品外的讀者反應之全力加持，也就是那「廣
大受眾的集體潛意識」[26]。

　　而這分凝視權力與差異意識的複雜與深化，則在嚴歌苓探入歷史
建構的想像書寫中得到更進一層的發揮。[27]〈橙血〉裡作者刻意安排
男主角阿賢被置放於多重視覺領域之中，其間莊主白人瑪莉、中國女
子銀好、中國果商、中國餐廳老闆，相機鏡頭與名氣橙園的寓旨，在
看與被看，他人與自我之間，敘述著彼此權力消長與自我主體追求的
過程；而〈魔旦〉中透過故事敘述者與展覽館看守者溫約翰的交錯對
談中，拼湊出阿三、阿陸、阿玖所成之唐人區著名粵劇花旦的戲夢身
影，這尊魔幻身影即重層複疊著多方的凝視角力與差異衝突。在這兩
篇作品中，明顯有著嚴歌苓對「凝視」與「差異」複雜深刻化的企
圖，除進行對「凝視」的單面向暴力之呈現，並投注以自我主體差異

---

26 請參見張大春：〈通俗劇的深度示範──小評《海那邊》〉，《聯合報》副刊（1994年
　 9月17日）。他提出：「離開『喜福會』其實是相當困難的，無論外國人、海外華人
　 或者對身分認同獨具焦慮的人都很難從大時代的宏觀苦難中解脫出來；這種苦難太
　 有魅力了，人人都不想錯過。但是，〈海那邊〉在本屆聯合報小說獎中示範了另一
　 種深度：通俗劇之不可小覷非徒緣於它擁有廣大的受眾，也由於它最有可能觸及拉
　 康所謂的『集體潛意識』的顯像。」

27 請參見葉如芳：〈嚴歌苓的移民女性書寫〉，頁128。他將〈扶桑〉、〈風箏歌〉、〈橙
　 血〉、〈魔旦〉、〈乖乖貝比〉，「這些時空背景相仿（並不指精確的年代，而是泛指
　 1850-1930年間）的移民小說，視為一個複雜而完整的文本，從中探討東、西方遭遇
　 發生時的權力關係，包括東方形象如何被凝視、被塑造，東方的化身又如何在這樣
　 的時空舞臺上表演呈現自我，以及最重要的，東方的歷史如何被書寫。」並把〈橙
　 血〉與〈魔旦〉同視為「陰性化的中國化身」進行討論。

意識的「回眸凝視」（returning the gaze）予以顛覆，形成所謂的「雙重迴射的凝視」（double reflexive gazes）[28]之效果，而能深刻地描繪移民處境下孤立異化的男性身影。

　　因此，以「凝視」與「差異」梳理嚴歌苓的移民書寫作品，從生命移植的排異過程到差異敏感的百年魔幻時空，除能見出其作品之意蘊豐富深廣外，也能觀察其創作歷程之轉化與演變。

　　從嚴歌苓近二十年的作品，就能明白她在華人移民書寫上的始終專注，從己身當下的現實生活到穿越百年時空的歷史敘寫，反覆多方深探在寄居移民環境所誘發出內隱於人性的那份奇特敏感與差異意識，亟欲寫盡這「錯位歸屬」的困惑苦悶，她認為是「這一百五十年的華人移民史太獨特、太色彩濃烈了，它才給我足夠的層面和角度，來旁證、反證『人』這門學問，『人』這個自古至今最大的懸疑。」[29]而同為旅美華人作家的陳瑞琳，也以這個的角度肯定嚴歌苓移民書寫的意義，「文學的最高表現就是人性的揭示，正是在這個意義上，嚴歌苓努力讓自己的作品進入到人性深處令人震撼的窺探，顯然她已經超越了寫故事的境界，而著重在表現人物的靈魂所經歷的種種磨難，由此，她讓自己的作品上升到了白先勇所說的那種『引起人同情』的悲憫情懷的高度。」[30]而這也正是嚴歌苓對自己作品所欲賦予的惻隱悲憫之情。

---

28 此概念的借用是「觀眾研究」與「新女性主義」的發展，也對「凝視」的單面向暴力，提出「回眸凝視」（returning the gaze）以作為其理論的修正，利用深刻意識到女性主體性的自覺回觀，來顛覆父權眼睛的凝視，所形成所謂的「雙重迴射的凝視」（double reflexive gazes）。請參見廖炳惠，《關鍵詞200：文學與批評研究的通用辭彙編》，頁120。

29 嚴歌苓：〈主流與邊緣・代序〉，《扶桑》，頁IV。

30 陳瑞琳：〈冷靜的憂傷——從嚴歌苓的創作看海外新移民文學的特質〉，《華文文學》第58期（2003年5月），頁35。

主要參引資料

嚴歌苓，《少女小漁》（臺北市：爾雅出版社，1994年）

　　　　《海那邊》（臺北市：九歌出版社，1995年）

　　　　《扶桑》（臺北市：聯經出版，1996年）

　　　　《風箏歌》（臺北市：時報文化，1999年）

　　　　《波西米亞樓》（臺北市：三民書局，1999年）

　　　　《誰家有女初養成》（臺北市：三民書局，2001年）

　　　　〈絕望的理想主義——〈女房東〉得獎感言〉《中央日報》16版（1993年1月16日）

廖炳惠，《關鍵詞200：文學與批評研究的通用辭彙編》（臺北市：麥田出版，1993年）

李仕芬，〈拖著長辮的中國男人——嚴歌苓的橙血〉，《文訊》204期（2002年10月），頁8-11

李有成，〈緒論：離散與家國想像〉，收入李有成、張錦忠編《離散與家國想像：文學與文化研究集稿》（臺北市：允晨，2010年），頁7-45

李歐梵，〈在中國化與的邊緣——關於邊界的文化意義〉，收入《現代性的追求——李歐梵文化評論精選集》（臺北市：麥田，1998年），頁475-497

馮品佳，〈嚴歌苓短篇小說中的華裔移民經驗：以〈栗色頭髮〉〈大陸妹〉及〈少女小漁〉為例〉，《中外文學》第29卷第11期（2001年4月），頁44-61

陳瑞琳，〈冷靜的憂傷——從嚴歌苓的創作看海外新移民文學的特質〉，汕頭《華文文學》58期（2003年5月），頁35-40

單德興，〈從多語文的角度重新定義華裔美國文學：以《扶桑》與《旗袍姑娘》為例〉，《銘刻與再現：華裔美國文學與文化論集》（臺北市：麥田，2000年），頁275-291

呂澤加，〈荒涼而美麗的島嶼──「少女小漁」嚴歌苓談文學〉上下，《中央日報》18版（1996年08月17日至18日）

張大春，〈通俗劇的深度示範──小評海那邊〉，《聯合報》37版（1994年9月17日）

王怡婷，〈悲憫與救贖──嚴歌苓小說之研究〉（臺北市：臺灣師範大學國文系在職進修碩士論文，2010年）

葉如芳，〈嚴歌苓的移民女性書寫〉（臺中市：東海大學中國文學研究所碩士論文，2000年）

陳建忠，〈邊緣與正統的辯證──從嚴歌苓《海那邊》出發談移民女性書寫〉，《四方網路書評》（2006年7月17日）。網址：http://blog.roodo.com/sksen6912/archives/1895716.html。瀏覽日期：2015年4月18日

陳　鵬，〈嚴歌苓憶美國生活：文學是我安放根的地方〉，《光明日報》（2015年03月19日）。網址：http://culture.people.com.cn/n/2015/0319/c22219-26717223.html。瀏覽日期：2015年04月18日

嚴歌苓，〈錯位歸屬〉，網址：http://www.yourandu.com/big5/yourandu/579/26228.html。瀏覽日期：2015年4月28日

聲響

聲響

　　嚴歌苓在九〇年代初期的移民書寫系列作品，不同於前行代作家作品瀰漫無根迷失的流離氛圍，有著離散遷移敘述的當代意義，而成為華文文學重要的研究新資源。在〈栗色頭髮〉〈少女小漁〉〈簪花女與賣酒郎〉三篇中，嚴歌苓以語言窒礙生動深刻地書寫置身異域的女性移民，那種隙縫中要求生存的為難困惑，藉以帶出現實生活壓力、情感精神依存、文化身分認同種種困頓的孤絕。她將這分難以言說的內在心靈感觸，選擇最具象的語言窒礙來傳遞，對巨大的東西方文化發出自我存在價值與意義的聲響。

　　嚴歌苓以重回母語重拾自我的具體行動，選擇採取立處邊緣為己發聲進而為人發聲作為創作之路的序幕。因此著重於嚴歌苓初發聲響的剎那捕捉，以嚴歌苓早期短篇小說為分析對象，將身處異國如何重回母語用以發聲，尋覓出一條合理解析的途徑。

聲響：移民女聲

像一個生命的移植——將自己連根拔起，再往一片新土上栽
植，而在新土上扎根之前，這個生命的全部根鬚是裸露的，像
是裸露著的全部神經，因此我自然是驚人地敏感。傷痛也好，
慰藉也好，都在這種敏感中誇張了，都在誇張中形成強烈的形
象和故事。

——嚴歌苓[1]

一　歸屬

　　嚴歌苓作品得到華人文學世界較大注目，當是她遠離故土寄居異
國後的創作，這系列以華裔移民經驗為主題的移民書寫，誠如馮品佳
所言：「她筆下對於中國移民生活形態以及心理情境的刻畫，無論是
手法或題材皆與臺灣移民文學傳統不盡相同，尤其對於移民女性的描
寫更是細膩，不僅賦予她們多重的象徵意義，也烘托出她們鮮明獨特
的個人性格，使得嚴歌苓的作品儼然成為世界華文文學與華裔美國文
學學者重要的研究新資源。」[2]嚴歌苓以其多元豐富的文化視角與細

1　嚴歌苓：〈後記〉，《少女小漁》（臺北市：爾雅出版社，1993年），頁248。

2　馮品佳：〈嚴歌苓短篇小說中的華裔移民經驗〉，《中外文學》第29卷第11期（2011
　年4月），頁45。此文主要探討嚴歌苓的三篇短篇小說文本〈栗色頭髮〉、〈大陸
　妹〉、〈少女小漁〉，經由新移民女性視角涵蓋新移民在華裔漂泊離散（diaspora）的
　諸多面向，審視華裔移民情境所產生的各種政治問題。文中亦提出若要對華裔移民

緻敏感的心靈感悟，將己身真切的去國經驗在跨域書寫實踐下，深刻
敘寫華人移民美國的往事與今事，是九〇年代後相當受到注目質量俱
豐的移民文學作家，而其作品也在某種程度上代表著當代離散敘述的
多層涵義。[3]

　　身為弱勢華裔女性，身處異地美國，雖然飽受異國白人的歧視或
被凝視視線檢視，[4]但她所處之地乃是世界各地多數人的眼光中，既
是夢寐以求的美夢之地，也是現今人類文明登峰造極之地。在選擇同
化（naturalization）與固守自我文化價值與尊嚴的歧路上，嚴歌苓對
自身遠離故土的痛楚經歷，曾以連根拔起裸露神經的具象描述，用以
喻寫自己寄居別國的心靈感受，遠走故土游離他方的生命移植，既選
擇寄居便已無法擺脫寄居，將成為一個永遠的寄居者。嚴歌苓這份生

社群有更深刻的認識，則應該就華裔移民來源的多元性做更細緻的區分。除歷史的
流變之外，地理政治造成的差異，也同樣是重要考量因素，即使同樣身在「華裔」
或「海外華人」的大傘下，來自不同地域的華人亦充滿異質與多重屬性。

3　海外華人移民文學的書寫，因為離散經驗的多元與差異，離散敘事的精神內涵也出
　　現層遞變化，除了接續的同質性外，也有了異質思索的增添。因此「對散居世界各
　　地的華文作家而言，離散無疑是個饒富包容性與生產性的概念與現實」，關於離散
　　的當代意義之論述，請參見李有成，〈緒論：離散與家國想像〉，收錄於李有成、張
　　錦忠編《離散與家國想像：文學與文化研究集稿》（臺北市：允晨文化，2010年），
　　頁7-45。在這個離散論述的脈絡梳理下，嚴歌苓的九〇年代移民書寫作品所欲探索
　　的問題，自不同於前代作家作品，豎立著離散遷移敘述文學中的獨特個人意義。尤
　　其圍繞著嚴歌苓文學創作背景與國族身分等敏感爭議，也帶給嚴歌苓文學創作本身
　　所代表的複雜性（即原於共產中國軍中作家出身且其在大陸發表作品雖已獲得部分
　　肯定，但移民美國卻轉投稿於臺灣而多次得到主流文學獎的肯定，後又與美國外交
　　部官員結婚等，其個人身世所代表的複雜意義），增添其文學作品的特殊象徵意
　　義。與此相關之整理，請參看金進，〈從移民到憶民：關於嚴歌苓小說精神的探
　　討〉，《中國現代文學》第22期（2012年10月），頁173。

4　本文所使用遷移、凝視、離散等文學批評與文化理論用語，觀察嚴歌苓與當前臺灣
　　文學界之間的複雜互動的相關內容，請參見邱珮萱，〈凝視與差異：嚴歌苓短篇小
　　說中的移民男身〉，《北市大語文學報》第15期（2016年6月），頁41-43。

發於己的永遠遷移寄居感，在一個個海外華人移民故事的積疊下，她有了更精準的描述：

> 我和他們一樣，是永遠的寄居者，即使做了別國公民，擁有了別國的土地所有權，我們也不可能被別族文化徹底同化，荒誕的是，我們也無法徹底歸屬祖國的文化，首先因為我們錯過了她的一大段發展和演變，其次因為我們已深深被別國文化所感染和離間。即使回到祖國，回到母體文化中，也是遷移之後的又一次遷移，也是形歸神莫屬了。
>
> 於是，我私自給 Displacement 添了一個漢語意涵：「無所歸屬」。進一步引申，也可以稱它為「錯位歸屬」。[5]

因為遷移寄居伴隨而至的歸屬認同，嚴歌苓認為這樣的當代移民是一種形歸神莫屬的「無所歸屬」、「錯位歸屬」，然而這個不可能完成的遷移，將是個持續進行式的遷移，無止盡的遷移，就代表永遠的游離，永遠雙重游離於祖國文化與異國文化之間。

因此，她不僅渴望喊出以自我語文與文學發聲的機會，同時也找到在自身所蘊含的、所表徵的一種遊牧民族吟唱文學的傳統中自我心靈的安身之處。

> 我們在自己祖國海岸線之外擁有了土地與天空，我們以自己的文字寫著自己的往事與今事，寫著夢想與現實，文學便是我們

5　嚴歌苓：〈錯位歸屬〉，網址：https://tw.lxdzs.com/read/116/116659/27447103.html。瀏覽日期：2017年11月22日。錯位歸屬之詳盡討論，請參見葉佳佩，〈嚴歌苓人寰研究〉（臺北市：國立臺灣師範大學國文系教學碩士論文，2011年），頁40-44。

這個「游牧民族」代代相傳的歌唱。[6]

　　她明白自己猶如遊牧民族之一員，雖居無定所漂泊海外，但以「遊牧民族」吟唱文學之傳承自許，藉此化解身處異國被凝視的身分認同之困境，並用代表自身的語言文字發聲，此端不僅是拒絕同化於美國之途徑，更反將自我所面臨之種種文化衝撞痕跡作為傳令，開始發號施令，搭起兩國文化衝擊、歧視、偏見之對談平臺和溝通橋樑。這一獨特個人敘述視角的重要作品都曾在臺灣發行，在中國民族意識隨著中國經濟崛起，臺灣與中國同屬一個國家的論述高昂之際，嚴歌苓在美國創作而在臺灣發行的中文作品，其獨特性在中國文學界頗受重視，在臺灣文學界也因此爭議不斷。所謂離散（diaspora）乃猶太民族被迫遷離故土而起，至今各自學術領域多已注意此課題的相關研究，而本文在嚴歌苓是否被迫離散等諸多問題尚有爭議的情況下，仍為將其置於離散與遷移課題進行觀察，是因其身分認同所蘊含之複雜脈絡與當前幾次爭論有關。並且就個人長期研究「邊緣與主流」規劃而言，是以嚴歌苓為其中一種代表性來進行研究。在此，個人主要注意到嚴歌苓在美國開始創作活動時，敏銳察覺語文之間的差異問題所提出的關懷與關注，正符合一種研究視角乃是「發聲」。發出自我聲音乃是一種文學世界開創的必經階段，此一開創就如聖經約翰福音所談之「word」所指，在某種程度上可相參照。在身負強烈民族意識驅使的環境中成長，勇敢前往異國歧視中尋找生機的一位女性

6　請參見嚴歌苓：〈中國文學的游牧民族《少女小漁》〉，《中央日報》18版（1998年1月2日）。此引文中的「遊牧民族」乃嚴歌苓自述之語，她認為自己是同族與異族之間的游牧游移者，身負民族既往與未來，在異族同化與感染之間謀求適所而居。亦請參見嚴歌苓：〈中國文學的遊牧民族——在馬來西亞文藝營開幕式上的演講〉，收入《波西米亞樓》（臺北市：三民書局，1999年），頁149。

是如何發出自我心聲，對此「發聲」的細微深入分析，乃為本文研究重點。

離散遷移，必然牽引語言的隔閡問題，[7]涵容著無限多書寫表現的可能，而其中幾乎不會缺席的是透過不同語言亟欲溝通的難題，這現象在移民書寫中尤是如此。身為移民環境下的永遠寄居者，極度敏感於主流與邊緣的種種疏離差異，嚴歌苓說那是一種「痛」多於「快」的感受，而這種深切的生命生活痛楚，更讓她明眼看待這非常環境下種種的差異比較，

> 寄居者這種角度給了我新鮮的感覺，使我更沉靜，對什麼都不認為理所當然，都會玩味、品評、不由自主地把中國和寄居國做比較。社會、觀念、情感表達方式、語言、食品……一切。比得最多的當然還是語言。……
>
> 在美國生活 20 年也不能改變我的寄居者心態，就是那種邊緣的，永遠也不可能變成主流的感覺。因為無論怎樣，西方文化都是我半路出家學習來的。在學習的過程中，也感到他們的文化優越感。[8]

為何選擇語言隔閡作為移民疏離生存狀態的表徵？其實並不難理解，因為異域生活直接面臨的第一個難題就是語言溝通，語言是進入異域生活的重要工具，往往在適應異域生活的開始階段，如何正確的

---

7 對此問題，葉如芳曾以美國亞美文學研究視角與語文學角度試以解析。請參見葉如芳：〈嚴歌苓的移民女性書寫〉（臺中市：東海大學中國文學研究所碩士論文，2000），頁42-45。

8 〈嚴歌苓：我是飄忽的寄居者──不想寫現代愛情〉，網址：http://news.sina.com/sinacn/501-104-103-107/2009-03-03/1849695964.html html。瀏覽日期：2017年11月22日。

表達與有效的溝通，是時時存在於移民者現實生活與內心思索中的。無論是何種身分開始的異域生活，都無法避免必須面對與嘗試解決語言溝通的問題，因此，在眾多移民書寫中對失語問題的狀況都多所描寫，在嚴歌苓的作品亦是重要切入點。

但值得特別提出的是，語言表達溝通不單是一般異域移民生活的現實經驗問題，嚴歌苓認為在海外生活中不同語言的比較刺激下，所生發出的靈感與敏感為她帶來創作的變化，「海外是我文學的一個遷徙，考慮的主要是一個語言情感的表達方式問題，也就是文化的轉譯。如何在一個非母語的環境中用母語去表達自己的情感，這是一個挑戰。也迫使我能夠去思考如何以最確切的語言表達我對文化的理解，並且使別人也能了解到。漢語的優點就在於含蓄、經濟，文字中就能反映出語言的魅力。而我在西方的學習經歷，也能夠自覺地把西方文學中的優點融入我的文字裡面，比如它們所具有的動感、比較實的感覺，就像普魯斯特的那種風格，我試圖通過這種借鑒和融合創造出一種新的漢語體系。兩種語言給我很多靈感，使我有更多的敏感。」[9] 從這段體認裡足見嚴歌苓對移民書寫中語言溝通的敘述有著其個人極深切的寓意。除此，她也在一篇得獎感言〈母體的認可〉中真情指出母語創作對作家的意義，在異國以母語進行文學創作，總使我感到自己是多麼邊緣的一個人。而只有在此刻，當我發現自己被母語的大背景所容納，所接受；當我和自己的語言母體產生遙遠卻真切經歷的親身體驗外，還有身為文學創作者對語言表達的高度自覺思考，故嚴歌苓在作品中對語言錯位敘述描寫特別深刻入味，以語言為名呈現華人移民女性在心靈精神上克服與超越，豐富了當代離散敘述的邊緣意義。[10]

9　李亞萍：〈與嚴歌苓對談〉，網址：http://www.kanunu8.com/files/chinese/201103/2010/46397.html html。瀏覽日期：2017年11月22日。

10　請參見嚴歌苓：〈母體的認可〉，《中國時報》37版（1998年3月30日）。

二　發聲

John 1: 1 In the beginning was the Word, and the Word was with God, and the Word was God. 在這段約翰福音中的 Word，樸實的直接理解就是言，發聲而為言就是建構世界的開端。在與此相關的論點中，賀佛爾（Eric Hoffer）《狂熱份子——群眾運動聖經》中的論述相當值得參考，「使一個社會發生震撼，從而自停滯狀態中甦醒的，並不是外國風俗、習慣、思考及行事方式引入的結果。外來影響力的作用，主要是在一個原來沒有言辭人（men of words）的地方創造一批言辭人，或是在已經有言辭人的地方誘導他們與既有的體制決裂。然後，這些言辭人會透過對既有秩序的攻擊，為可以帶來社會復興的群眾運動鋪好路。」[11]換言之，從無聲到有聲其實需要一個言辭人，即是一種傳話、說話的人出現後，才能開始產生固有體制的裂縫，原本旁若無人的境地，其實是有人，有人說話才有新的世界浮現。就如聖經中的言（word），或如群眾運動中的言辭人（men of word），本文特意重視嚴歌苓小說中的語言與發聲，多少受到其觀點之啟發。嚴歌苓的文學創作發聲，將這群在美國曾被中美兩大文化夾住徬徨無助的華裔移民提供一個發出聲音的機會。

　　一個人透過語言進行自我表達與他人溝通，經由一次次的摸索嘗試過程，逐漸形成自我建立與群體認同，原是一個極其自然未覺的學習過程，卻因遷移寄居的移民語境頓失自我發聲的語言能力。在嚴歌苓的早期移民書寫作品中，對那種剛面對異域生活的女性，對陌生語言溝通的不便與不適，表現得尤其著力。在多次的創作受訪中，能看

11　〔美〕賀佛爾（Eric Hoffer）著，梁永安譯，《狂熱份子——群眾運動聖經》（臺北市：立緒文化，2004年），頁254。

出嚴歌苓並不諱談自己初至美國異土的不適與難處，她曾用了徒勞和痛苦來形容自己試圖融入西方的過程，而這些親身經歷過的難處與困境，都在她身處異域寄人籬下最富感知的敏感與誇張中，形成了一個又一個強烈形象與故事的小說。嚴歌苓曾說：「當一個人生活在一個孤獨的第二語言的環境中時，有很多東西都不得已轉向了內心，也可以說，很多東西都在內心發酵。」[12] 我們能觀察到在嚴歌苓赴美留學初期的短篇作品中，〈栗色頭髮〉、〈少女小漁〉、〈簪花女與賣酒郎〉中的女性主角，都是以語言隔閡的外在不適作為書寫表現，藉以進入遷移異域下的寄居心靈自我探問的種種。在葉如芳〈嚴歌苓的移民女性書寫〉中「異國語境的危機──開放的語言，斷裂的思維」一節，曾討論〈簪花女與賣酒郎〉〈栗色頭髮〉二篇是以移民在語言情境中的受挫（即語言的非交流狀態描寫），呈現移民與外界溝通時產生的荒謬感與自卑感，認為「語言除了在自我表述的同時能夠發揮溝通的功能，它更是一個人建立自我形象、價值觀的工具，缺少了這一環，個人的權力不但無從爭取，它還會造成一個人社會化過程的挫敗感。」[13] 即使這部分的討論明白點出移民女性語言溝通受挫的困厄處境，但並未進一步探究作家如何「面對」甚而「超越」此困境。其實此一困境是無法僅以「面對」與「超越」即能化解，這應看作是嚴歌苓為種種境遇開始發聲的漫長敘述，也就是在中美兩大文化夾縫中，確立為何以中文發聲進行深入細微的說明與自我辯解，從說服自我到敘述自我、自我發聲，為己發聲、為人發聲的漫長艱辛之成長旅程。[14]

---

12 胡亞非：〈本土與海外：作家嚴歌苓訪談錄〉，《楓華園》（1997年2月）。

13 葉如芳：〈嚴歌苓的移民女性書寫〉，頁43。

14 對此旅程的探析，無法在她的早期短篇小說分析中作充分討論，但是等到她的作品陸續順利得到肯定後，自述曾因結婚而受到美國聯邦調查局的約談經驗等挫折經驗，也提及將來作品會不僅以母語寫作，計畫進行翻譯甚至自願投入英文創作的期許中，我們不難發現這是她一步一步走出來陰影，也是一步一步走出去的自信。請

〈栗色頭髮〉開端於一切都是他那栗色頭髮和我這副長相引起的，一個是擁有似同於女子少女時期單戀對象詩人拜倫「栗色頭髮」的西方男子，個是眼神含情脈脈極其招人憐愛的典型東方美人，兩人初遇之際雖是在語言非交流狀態下，卻無礙於彼此心儀所生發的曖昧情愫。接著便是一段女子與「栗色頭髮」間答非所問的尷尬對話，女子就在接連著「我猜他是說」、「我估計」的狀況下，便根據猜測自說自話起來，「到美國十有八九人們都是問我同一些問題，所以我用不著去聽懂就順口背誦。我說：我來到美國一個月零七天，正在苦學英語。我大學專修中國文學，曾經學過八年舞蹈，四年芭蕾，四年中國古典舞。」「我把握十足的想：假如他再來下一個問題，我就答：家住北京，故鄉上海，父母健在，弟兄和睦，等等。」眼見自己的語言溝通能力困窘，陷入於就要被一個陌生男子「在一刻鐘內榨乾我肚裡所有英文」，心想「不知這人打算什麼時候饒了我。」雖是僅僅幾句簡單生動而帶點自嘲口吻的敘述，就把一個初入異域有著語言障礙的女子那份難堪窘境完全表現出來。在兩人交談過程中，女子僅能聽懂「中國大陸」、「Japanese」、「美」的單詞，而對方則是在一連串得不到相應的答案下，只能「苦笑起來，被語言的非交流狀態折磨得很疲勞」、「他最後遺憾地聳聳肩，嘴裡一再說我美。」結束了這場受挫的語言障礙洗禮。

也許有人認為這段充滿趣味卻又略帶苦澀的語文交流，是生活情境的實寫。但如果我們換角度重看此一障礙，試問為何嚴歌苓如此在意語文學習交流之難，又特意敘述此一現場之尷尬處境，是因為她本身是出身文人自視優越自信十足所致？還是或許嚴歌苓聚焦特寫此語

參見〈沒有優越感：走近嚴歌苓〉，網址：https://tw.ixdzs.com/read/116/116645/2744 6657.html。瀏覽日期：2017年11月22日。

文學習交流對談之格格不入是一種鋪陳，為說服自我辯解之徵兆？說明她不得不回頭不是挫敗，她回到母語發聲是有理由，喻指自己回到母語創作的正當性，這是一種自我辯解同時也希望讀者認同她的困境。[15]當嚴歌苓決定離開祖國卻又打不開美語典雅文學殿堂之門，這位離開祖國的軍中作家，也只能另尋門徑。[16]因此，選擇在臺灣發表移民相關文學作品，追求發聲、為己發聲，並漸次突破這一尷尬處境，再進而到為人發聲的另一階段。這種理解或許可以部分解釋嚴歌苓在臺灣投稿之原因，並且解釋為何她在〈栗色頭髮〉中，特意安排東方女生與西方男生之間種種衝突緊張敘述的隱喻背景。

初遇後，故事便以三場女子與栗色頭髮的語言交流串出移民異域生活的不適與艱難，從輾轉充當畫廊畫室的模特兒到香港家庭的僕人、再到富有白人老太太的使女，每份不順遂工作的結束都有栗色頭髮現身相助，但隨著現實經濟生存的磨鍊，女子英文溝通表達能力的

---

15 〈十年一覺美國夢〉，網址：http://www.kanunu8.com/files/chinese/201103/2075/477 15.html。瀏覽日期：2017年11月22日。嚴歌苓對自己回到母語發聲的種種心路歷程，其實頗耐人尋味，從她二〇〇四年嘗試英文寫作的談論中，正表現出其發聲的強烈企圖心。但無論如何此一發聲欲望，清楚明白是透過發聲想要證明自我存在意義，更讓我們深切體會到她為何不得不回到母語發聲之心路歷程。相關自述內容，請參看嚴歌苓：〈母體的認可〉，《中國時報》37版（1998年3月30日）。

16 嚴歌苓的成名大多歸功於其初期作品在臺灣屢獲大獎有關。就如她所說：「早期我在國內屬於部隊作家，雖然也獲過獎，比如《綠血》曾獲『全國優秀軍事長篇小說獎』，但影響相對較小。出國以後，雖然在臺灣獲得很多獎項，但在國內還是影響一般。我向國內投稿是在1996年才開始的，當時我看到許多地方轉載我的文章，又沒有稿費可拿，就直接投稿了。在國內真正產生影響的還要歸功於陳沖拍了電影《天浴》以後，當時電影因為某些地方過於暴露就禁映了，現在好像還是這樣，不過這部電影確實拍得很美。2000年我的《人寰》在臺灣獲得了《中國時報》的百萬大獎，這可能也是引起許多讀者關注的原因之一吧。」請參見李亞萍：〈與嚴歌苓對談〉，網址：http://www.kanunu8.com/files/chinese/201103/2010/46397.html html。瀏覽日期：2017年11月22日。

提升，雖縮短兩人語言隔閡，卻反擴增彼此心靈的距離，因為語言相通後尚有文化身分差距的問題。第一次當畫廊老闆提出支付更高薪脫去衣服新合同的要求時，栗色頭髮站出為女子解圍說她聽不懂，這個霸道護衛舉動讓女子舒服溫熱感到自己是被珍藏，但就要出口的愛情卻被封存在一段她當時已能完全聽懂的車內閒話裡，

> 在他開車的一路，在他興致勃勃地談起他將怎樣幫我擺脫中國人不整潔、不禮貌、不文明的居住環境時；在他提到「中國人」所冒出的獨特口吻時，我就決定不再見他。你可別指望我有足夠的錢定期往牙醫那兒送，也別指望我絕對摒棄響亮吐痰的習慣。誰擔保我僅獲得民族美德而斷淨民族缺陷？（《少女小漁》，頁 215-216）[17]

就這樣，兩人情感在語言溝通無礙下卻戛然而止。第二次當女子在香港家庭幫傭深受傷害委屈決定辭工離開後，前來接她的是不預期現身的栗色頭髮，並已計畫安置她到有游泳池、有草地、有果樹、還有他的父母的家，但面對的卻是

> 他開車後便罵咧咧地說中國人都這樣，僱傭人就成了奴役人。「怎麼這樣沒禮貌？當著我的面夫妻倆用中國話大聲爭執，話音聽上去太不友善了……天曉得，這些中國人！」
> 他每發一句牢騷，我便吃驚地看他一眼。他的栗色頭髮亂了，他的灰眼睛布著血絲，他為了我踏上這條長途。又怎麼樣？他

---

17 本文中主要探討嚴歌苓的三篇作品，其中〈栗色頭髮〉與〈少女小漁〉收錄於《少女小漁》（臺北市：爾雅出版社，1994年），〈簪花女與賣酒郎〉收錄於《海那邊》（臺北市：九歌出版社，1995年），後續引文直接於文後標記書名及頁碼。

用「那個」腔調來講「中國人」。（《少女小漁》，頁 231）

隔天女子毅然在桌上留了字條，便走出了那幢美國人的華廈，想著他美好的栗色頭髮，心裡是滿滿的感激和怨恨。而最終一回是女子受僱於富有白人老太太家當女使，這是〈栗色頭髮〉在三份工作中對語言隔閡的描寫力道最強，關於一場「藍寶石丟失事件」，三個月裡她與那七十六歲的白人老太太，為了一只遺失的藍寶石耳環而間續多次竭盡機智的言語交鋒，極力呈現東西文化薰養下彼此價值觀的差異不同，女子深受模糊的情感世界而迷失流連，最後覺悟到的是「剎那間，我又回到對這種語言最初的渾沌狀態。我不懂它，也覺得幸而不懂它。它是一種永遠使我感到遙遠而陌生的語言。」迷失流連的情感和遙遠陌生的怨言，藉著女子與栗色頭髮的愛情現況點出兩人文化身分差距。

　　在此滿腹民族情懷之女主角，即使突破語文困境與隔閡，仍然遇到中國民族文化尊嚴與中美文化認同的關卡，即便栗色頭髮如何愛她，如何體貼又如何犧牲，只要有一點違逆中國民族尊嚴與文化意識，最後也只能結束告終。這是描述中國民族文化意識尊嚴的不可侵犯，還是藉此反譏堅持中國民族意識不可侵犯的荒謬無理？還是在文化經濟各種條件相差深遠之際，隱隱約約發現無論如何他們倆是無法實現終成眷屬之美夢，而藉此民族情感為理由，準備自我慢慢淡化傷痛離別之心境？無論作何種猜想，我們要注意的是，以美國夢不完美為整篇敘述基調，如此才能合理說明追求中文發聲有意義，才能保住作者中文發聲以拒絕同化的實存理由來說服自我和讀者。

　　另一篇幅極短的〈簪花女與賣酒郎〉，就語言隔閡的書寫角度而言，則是別緻而細膩，男女主角都是非以英語為母語的外地移入者，一是墨西哥裔小夥子卡羅斯，一是中國小姑娘齊頌，情投意合的兩人亟欲突破語言障礙，積極表達各自心中愛意，傳情過程中極具笑果與

效果，但最後卻終結於一個蓄意破壞的翻譯者，是「賣掉」齊頌剛剛談妥價碼的姨媽，安排她成為一個六十多歲聾啞老人的新嫁娘，讓這場異國浪漫愛情喜劇急轉直下。當然在整個故事裡，語言溝通的最弱勢者無異是三個月前才剛從中國山東來到美國的齊頌，面對一個完全陌生語言的應對之道，就只能是遇到英文提問時，一般回答兩次「是」、一次「不」，因為這是她在成人英文學校學到的，答對答錯比不答強。整場浪漫愛情進行式中，男女主角的對答溝通僅有兩回是正確無誤的，「問她多大了，叫什麼。這個她懂。上學頭一天，四個鐘頭就學這兩句。」「你很美……這句恰巧也是齊頌懂的，個個人都對他講這句。」而其餘大部分的交流，齊頌就是兩個「是」、一個「不」，

> 跟一切一切全一樣，全都是兩個「是」一個「不」；兩個肯定，一個否定，就編織成了日子、生活。也跟跳舞一樣：進兩步、退一步；左兩步、右一步。（《海那邊》，頁 34）

從這些並不刻意的細瑣敘述，其實已鮮明深刻的描繪出一個身處異域的語言弱勢者形象，齊頌幾乎可說完全沒有語言溝通的自主能力，也正因為這樣，這份兩人原以為是天定的事，就被旁人刻意扭曲翻譯所主導而結束。

〈栗色頭髮〉是以中美兩國情侶間的溝通出發，當碰觸到敏感的民族情懷與民族尊嚴，即使語文可溝通無礙了，但文化歷史淵源積累的差異誠然還是無法彌補。到了〈簪花女與賣酒郎〉再多走一步，男女主角都不是以英語為母語，卻仍然曲折地走進無預警的人生谷底。在在顯示嚴歌苓關注並敘述人在異國語文無法溝通之煎熬與人生挫敗，或許這是她對自我斷然離開祖國選擇隻身赴美，遭遇如此坎坷曲

折的現實經歷寫照。這一挫折就是她要發聲的動力來源，從開始就無法停止對此語文溝通在自我成長與發聲動力的相關思緒，因此在發聲動力驅動下，嚴歌苓也很快、很敏銳地掌握到語文溝通是否真能擔保溝通的思辨主題。

　　三篇中的〈少女小漁〉可說是嚴歌苓創作初期最著名的作品，因曾改編拍成同名電影，故受到較多的注意與研究。整篇故事講述一對未婚華人男女移居異國後為取得合法身分的居留，在沒有其他選擇下只好走上最常見的仲介假結婚，而過程中計畫外的種種轉折，卻將這對原本決意攜手共度人生的男女，在不時出現的猜忌、不安、質疑、對峙等衝突對話下，推向一個未知如何的開放性結局。這樣常見的通俗內容當然不顯得奇特，比較值得觀察的是，女主角與男友在假結婚的一年期限內，彼此關係的推演變化，藉由幾個語言溝而不通的對話場景來交代，原該是無語言障礙的交流溝通，但他們之間對話卻呈現處處窒礙，次次拉開彼此心靈的距離。也就是說，透過此一困境的敘述，我們即可了解到嚴歌苓的創作已經深入點出溝通不僅是語言問題，而是文化、思想、階級甚至處境等之諸多視線脈絡複雜互動糾結摩擦之結果，這遠比膚色、人種等表面因素更為深刻難解。在此嚴歌苓其實是在提問一個難以解答的問題，就是個人的自我到底與他人能不能溝通？難道使用同種語文就可保證互相溝通嗎？又或者溝通不僅是語文問題，更是思想文化上人與人之間的心靈問題？在中國的主流文化中成長的嚴歌苓，在美國身處邊緣凝視視線下所檢視的生活，第一個碰觸的困境就是語言問題，而她的回應卻反用自我主流文化意識強烈的中文發聲，是溝通還是反抗？是追尋還是退縮？或者只是為自我存在意義的求生而發聲？

　　在假結婚後為防移民局的突檢，小漁只能搬進假結婚對象義大利老頭家，即便天天回到她與男友江偉倆小公寓燒飯打掃，但江偉常說

話梗梗地有牢騷「反正你又不住這兒」；一回小漁蹬著椅，老頭兩手掌住她的腳腕倆人正合掛著一盆吊蘭，江偉正巧來，門正巧沒鎖，老頭請他自己進來，還說，喝水自己倒吧，我們都忙著，江偉一臉噁心地說：「我們，他敢和你『我們』？你倆『我們』起來啦？」「倆人還一塊澆花，剪草坪，還坐一間屋，看電視的看電視，讀書的讀書，難怪他『我們』」、「看樣子，老夫少妻日子過得有油有鹽！」小漁先是炸得回：「瞎講什麼？」又馬上緩著說：「人嘛，過過總會過和睦……」，得到卻是「跟一個老王八蛋、老無賴，你也能一塊和？」他專門挑那種能把意思弄誤差的字眼來引導他自己的思路。最終，在江偉數次避不見面只剩電話裡的回答「我他媽得受夠了！」，一年期限到了，終於可以結束這一切取得居留身分，而就在小漁臨走前，老頭用「是個非常好的好孩子」來表露他對小漁的複雜情感，但另一頭卻是江偉在電話裡咬牙切齒地說她居然能和一個老無賴處得那麼好，可見是真正的「好」女人了，並再一次說：他受夠了。正足以說明本欲共度人生的兩人在這一年來的語言相談心靈交流都是閉鎖的。

以語言為名的發聲，三個不同身分不同處境的移民女性，嚴歌苓用語言溝通窒礙來呈顯他們展開異域移民生活的困境，說得雖不多，卻足以見其全，將移民處境下女性的弱勢與困境，生動而深刻地描繪出來。她曾將這種移民處境下語言表達無法完整，而遭致連串的生活經濟壓力、情感精神依存、文化身分認同等的迷失與困惑，極其深刻地說出那種不得不沉默的孤絕感覺，「來到一個陌生的國家、一個陌生的城市，以別人的語言表白和辯解，別人的一個眼神立刻使你口訥，使你退回沈默，使你在這片沉默的蔭蔽後面，放棄的一笑。你這感到不知怎麼已遍體鱗傷，創面上一層涼颼颼的敏感。」[18]這一體認

---

18 嚴歌苓：〈我的「激情休克」〉，《時代文學》2002年第5期（2002年5月），頁58。

也就是嚴歌苓的創作動機，也是最原始的動力，透過她的敏感體認基礎上開始發聲，開始點出溝通之深刻含意，而我們也開始隱隱約約了解到她為何而發聲，為誰而發聲。

三　剎那

作家透過作品敘述人生難題，必然有其試圖解決的個人認知。嚴歌苓在赴美留學的九〇年創作初期，受到自身真實經歷的深切附著，特別留意思索華人移民的現實處境，並將此關注圍繞著以女性為中心而展開。或許在作品裡敘述移民困境並不那麼難，但嚴歌苓選擇語言溝通作為女性移民處境為對話空間，可說是一個精準直接的切入點，藉此剖析移民女性在面對工作、愛情、生活、心靈等點滴細瑣甚至到無以名之無能想像的未來希望時，她們要如何面對又該如何自處？面對女性在移民現實當下無法表達完整的語言溝通，嚴歌苓嘗試以肢體動作內心獨白的演繹來克服超越。

在〈簪花女與賣酒郎〉裡齊頌與卡羅斯儘管話語不通，但「眼睛撞上時，兩人都壯起膽把目光持續住」、「卡羅斯坐到她對面，腿挨上她的腿。兩雙腿就這樣挨在一堆」、「兩人的腿挨在一堆卻都裝不知覺。漸漸，也真沒了知覺」。在這些動作示意肢體語言下，無須語言也就不存在障礙，他們一起預想彼此的幸福未來，同力合奏一場「看見的」結婚進行曲，

> 對過教堂的大門乍然開了，擁出一群高興透頂的人。當頭間是新郎和新娘，兩人邊走邊吻。人堆裡拋出五彩紙屑，紙屑落到新男女頭上和身上，他們不顧，只緊擁著，一人給一隻手，半張臉應付人群。好像他倆合攏到一塊，各人都只剩下半個身子

了。(《海那邊》，頁 37)

兩人一同看著那緩緩開動的車。還有陽光與風裡仍哆嗦著飄蕩
的繽紛紙屑。還有教堂內未杳的樂聲。卡羅斯的手和齊頌的手
拉上了，汗出在了一塊，指尖全在抖。他倆都有那感覺：別人
在實現自己。(《海那邊》，頁 38)

最終沒能結果的倆人，將這份少男少女的純真愛情，在精神心靈處進
行完成他們想像的幸福。

　　而在思辨較為曲折的〈栗色頭髮〉中，雖隨著女子語言表達能力
的日漸增進而與栗色頭髮溝通逐漸無礙，但兩人的愛情卻是忽進忽
退。女子並未因自身語言能力的弱勢而交出感情的主導權，在故事主
線發展下始終伏藏著另一條線，一個無關乎語言表達能力高低的身分
問題，我是個中國人。就從那場清喉嚨吐痰的模仿秀開始，最初在畫
廊畫室裡栗色頭髮曾多次居間翻譯，刻意而巧妙的模糊女子與其他洋
人間的文化差異敏感，試圖保護其民族尊嚴，但當女子猶如一個中國
古董被安置在高椅上，周遭洋人用著我聽不懂的語言熱烈談論著中國
時，「唯一聽懂的是某人酷肖地模仿中國人吐痰：引長頸子先大聲清
理喉嚨，然後響亮的往地上一咋。所有人笑起來。這時我發現這個模
仿者是栗色頭髮。」「他一邊笑一邊朝我頑皮地眨眼。」「並笑著問我
她學中國人吐痰學得妙不妙。」就是這場充滿戲謔嘲弄的模仿秀，從
此徹底切開了他們兩人的距離。在那回辭去畫廊模特兒工作後的車內
閒聊下，自然就出現這樣的內心獨白，「在他提到『中國人』所冒出
的獨特口吻時，我就決定不再見他。」也對千里遠到而來的妥善安置
計畫，作出自己最大的選擇權，

　　「我不會進你們美國人的房子的，送我回我的中國朋友那兒

去，行嗎？」……第二天一早，我躡手躡足提起我的行李，在一張桌上留了字條，便走出了那幢美國人的華廈。（《少女小漁》，頁 232）

當她說出「我不會進你們美國人的房子的，送我回我的中國朋友那兒去」，正好貼切說明本文所著重分析之發聲的一剎那，她大聲聲明拒絕為同化美國而屈身。她決定回到母語發聲，她要說出以她的語言以她的情感，以她的敏銳思緒喊出為己發聲之決心。這一聲響就是表明自己，要求他人重新開始聽她如何說，這一回頭沒有餘地，也不能再猶豫，她要勇往直前積極探求自我聲響之出路。但就像丟擲石頭於湖水，任何一種投擊總是會有回響，因此在小說中敘述那位片斷破碎未給足答案地一次次選擇離開後，當無處可歸的她發現栗色頭髮透過報紙整整一個月的尋人啟事，執著而不抱希望地苦苦尋找自己，女子內心終於有一個決絕明確的答案，

> 我翻出這一個月的陳報，在每個相同的位置上都找見了這個空白；都有這幾行淡泊的苦苦尋找。
> 我置身於鋪天蓋地的陳報中，感到他的呼喊包圍著我。這呼喊回聲四起，淹沒著我。
> 回應嗎？我愁苦著。我正無家可歸，回應他將是一種歸宿。
> 不，也許。某一天，我會回應，那將是我真正聽懂這呼喊的語言的一天。（《少女小漁》，頁 245）

栗色頭髮苦苦追尋的愛情呼喊語言，只能等待，等待女子的回應。可是相對於此，女子是逐漸意識發覺存在於兩人之間的，早已不單是男女愛情語言呼喊，有著一場關於自我存在的糾結困惑待解，亦是西方

凝視下的刻板中國和不覺然裝扮的自我東方主義化的拉鋸質問。

　　相較於前二篇女性人物面對異域移民弱勢處境的自我克服超越，〈少女小漁〉在這方面有更細膩的著墨。嚴歌苓筆下出國移民前的小漁是這般女人，「她人不高不大，卻長了高大女人的胸和臀，有到豐碩得沉甸甸了。都說這種女人會生養，會吃苦勞作，但少腦筋。少腦筋往往又多些好心眼。」有著好心眼看周遭，才能成了別人口中的缺心眼、少腦筋的女人。事實上就是這一點好心眼，才讓女主角面對自己的生活難處困境，可超脫於一般人的刻板認知角度，也才能克服超越別人所謂的弱勢情境。

　　有著好心眼看周遭人情，那場自己原該滿腹委屈的假結婚證婚過程，小漁輕輕地就走過了，跟個老糟了肚皮疊著像梯田的義大利老頭並肩牽手，小漁感覺不那麼恐怖，因為「事先預演的那些詞，反正她也不懂。不懂的東西是不過心的，僅在唇舌上過過，良知臥得遠遠，一點沒被驚動。」有著好心眼看周遭人情，才能對一個淒楚潦倒到無賴要錢的老頭，小漁還能為他心裡難過起來，「她想他那麼大歲數還要在這醜劇中這樣艱辛賣力地演，角色對他來說，太重了。」有著好心眼看周遭人情，小漁才能擱下自己反用力捧著男友的哭泣，「她想哭，但見他伏在她肩上，不自恃地飲泣，她覺得他傷痛得更狠更深，把哭的機會給他吧。不然兩人都哭，誰來哄呢。她用力扛著他的哭泣，他燙人的顫抖，他衝天的委屈。」原該是被堪憐呵護的她，有著好心眼，才能看見那兩個一老一少配角的難堪。[19]

　　這個好心眼在另一個戲劇張力十足的畫面裡飽滿地呈現出來，成為整篇作品中的亮點，那是一個週末的海邊，

19　嚴歌苓曾論及安徒生童話中的小美人魚所以美麗動人，源於她脫俗的真誠善良與自我犧牲，「女人應該善良，女人的善良是對男人們在爭奪中毀壞的世界的彌補。每個女人，在我想像，她內心深處都沉睡著一條溫柔、善良、自我犧牲的小人魚。」請參見嚴歌苓：〈弱者的宣言〉，收錄於《波西米亞樓》，頁171。

哪裡有人在拉小提琴，海風很大，旋律被颳得一截一截，但小漁聽出那是老頭的琴音。走了大半個市場，並未見拉琴人，總是曲調忽遠忽近在人縫裡鑽。直到風大起來，還來了陣沒頭沒腦的雨，跑散躲雨的人一下空出一整條街，老頭才顯現出來。⋯⋯

忙亂中的老頭帽子跌到了地上。去拾帽子，琴盒的按鈕開了，琴又摔出來。他撿了琴，捧嬰兒一樣看它傷了哪兒。一股亂風從琴盒裡捲了老頭的鈔票就跑。老頭這才把心神從琴上收回，去撐鈔票回來。

雨漸大，路奇怪地空寂，只剩了老頭，在手舞足蹈地捕蜂捕蝶一樣捕捉風裡的鈔票。⋯⋯她一張張追逐著老頭一天辛苦換來的鈔票。在老頭看見她，認出渾身透濕的她時，捧倒下去。他半蹲半跪在那裡，仰視著她，似乎那些錢不是她撿了還他的，而是賜他的。（《少女小漁》，頁 45-46）

在〈少女小漁〉中嚴歌苓將一個真誠善良、柔順寬容女性的堅毅韌性發揮到極致，用好心眼面對自身的種種弱勢處境，克服超越了語言、情感、文化甚而人性的隔閡障礙。她曾說：「我設想的女性，是文學的女性，文學畢竟是文學，是文學形象，她有高度的可能性。」[20]何謂具有高度的文學女性形象？若對照參酌嚴歌苓在〈弱者的宣言〉所言，「古典式的善良」可以進一步把這個抽象概念具象地說明，「我在〈少女小漁〉中抒發的就是對所謂輸者的情感。故事裡充滿輸者，輸者中又有不情願的輸和帶有自我犧牲性質的輸（輸的意願）。小漁便有這種輸的甘願。她的善良可以被人踐踏，她對踐踏者不是怨憤

---

20 〈嚴歌苓作客新浪談《第九個寡婦》〉，網址：http://www.kanunu8.com/files/chinese/201103/2010/46364.html。瀏覽日期：2017年11月22日。

的，而是憐憫的，帶一點無奈和嫌棄。以我們現實的尺度，她輸了，一個無救的輸者。但她沒有背叛自己，她達到了人格完善。她對處處想占她上風、占她便宜的人懷有的那份憐憫使她比他們優越、強大。我在這篇小說寫成之後才發現自己對善良的弱者的敬意。完全是無意識的，我給這個女孩取名為小漁……直到小說得獎後，我寫感言才意識到這名字的暗示。」[21]可以說，嚴歌苓是透過文學形象的小漁表述自己難以言說的道德審美標準。也因此，陳思和認為這部經典短篇小說呈現出一股自由流動藝術氣韻，短小精悍的篇幅裡隱含大氣所在，是「來自她的與生俱來的性情，與一種隱伏在她的創作裡的機智、灑脫、幽默等品質和諧相處的大度、寬容以及對人性種種弱點的容忍。這種在當代作家中一般很少擁有的品質，在她筆下人物非常顯眼地凸現出來。」[22]正是這種善於表達對人的深切關心與同情，一個具備道德審美文學高度的女性形象，構成嚴歌苓小說氣韻渾然的根本源頭。經過多數作品的嘗試與質問，嚴歌苓在小漁身上或許真切了解，為何自己追求發聲的機會，其中的深刻含意不在被他人凝視或檢視視線的環繞中爭勝或喊出自我，而是簡簡單單的樸素真諦，乃容納他人、接受實實在在的自我。在此我們與其說這是一種超越，不如說是追尋自我的漫長旅途，此一途徑始於勇敢發聲的決定時刻，無論是多麼細小的一滴水流，也已漸漸打開了另一文學的天地之門，也是找回自我存在的無限可能性。

這些作品雖是初始於女性在移民處境下如何面對語言溝通所帶出的種種隔閡，但在嚴歌苓細細尋繹下，已非僅僅是語言交流相通的境地，應是一個更深刻的人性表現。誠如單德興所言：「嚴歌苓主張小

---

21 嚴歌苓：〈弱者的宣言〉，收錄於《波西米亞樓》，頁171。
22 陳思和：〈嚴歌苓從精緻走向大氣〉，《嚴歌苓文集·少女小漁》（北京市：當代世界，2003年），頁280-281。

說家所寫出的故事不僅要有趣，而且要有意義，能夠揭露人性中潛藏
的性質，而故事吸引人之處，正是在於能燭照人的多變及難以預測。
為了探究人性，小說家必須創造出不同的情境，以引發出角色的內在
性質，而身為異鄉裡的移民處境最是獨特而有力。」[23]經由這個特定
的異域時空環境，透過外在現實生存的種種艱難困境，傳遞出女性內
在心靈的探問與反思，有著自我的存在、階級的差異、身分的認同、
族裔的屬性、新舊的選擇、文化的歸屬、東西方的比較⋯⋯這些的聲
響時時低迴搖盪於女性移民寄居的隙縫生存中。

四　聲響

　　在嚴歌苓移民書寫的初期作品中，女性內在心靈精神表達無疑是
其自身實境親歷下最亟欲表述的真實感受，我們能從作品中聽見在異
域生活文化碰撞衝擊下，隙縫生存裡的各種聲響，那是一種獨屬於移
民女性的聲音。這些聲響富含著遷移寄居狀態下困頓迷惑與無所歸屬
的種種幽微，但即使是現實生存環境如此弱勢的女性，卻能在嚴歌苓
寬容的同情與理解下，呈現出另一番天地的高度與氣度。

　　若說嚴歌苓移民書寫是以女性聲音為表現重點，此說雖無誤但猶
有不全之處，因為她雖是以女性視角為創作初始，我們也發現作家隨
即嘗試著立於移民男性不同角度，觀看這異域生活的種種變異，幾乎
同期前後出現〈女房東〉、〈海那邊〉、〈茉莉的最後一日〉等篇以男性
視角為主的作品，如此創作的嘗試轉變，必然有其意義存在。[24]在

---

23 單德興：〈從多語文的角度重新定義華裔美國文學：以《扶桑》、《旗袍姑娘》為
　　例〉，收錄於《銘刻與再現：華裔美國文學語文化論集》（臺北市：麥田出版，2000
　　年），頁278。

24 〈少女小漁〉、〈女房東〉、〈栗色頭髮〉三篇收於《少女小漁》（臺北市：爾雅出版

〈女房東〉裡的老柴，因為經濟學碩士的老婆辦到美國移民後便被迫離婚了，一個四十八歲窮光蛋，只是白天上學、晚上送外賣，沒野心只想找個女人作伴，受惑於租屋處的女房東，成天整夜沉溺於垂吊如花穗藤蘿般的女性內在衣物，遐想那位未能謀面神秘誘人的西方女子，最終驚醒於自己終老至今未曾真正愛過。而〈海那邊〉裡終身癡傻無腦地侍主的泡——Paul，自然也就被主人視作牲口般，像條跟了三十年的狗一樣對待著，不被旁人當人看總是被占便宜，是一個不具任何威脅可能的隱形人物，卻在唯一擁有的希望破碎後，等在海那邊，等著他的那個女人沒了，他做出凍死主人的激烈回報行為。〈茉莉的最後一日〉裡按摩床推銷員鄭大全，三十歲一身勁頭卻是時時活不下去，雖然深知磨嘴皮子至於他和那八十歲的老洋婆子茉莉是同等殘酷，縱使內心有著迸發的同情，但惦著自己那挺著七個月身孕的妻子，還住在潮濕地下室擔憂沒錢買菜，為了讓她分娩前能搬到稍微人味的地方去，縱使知覺自己臉上僅有的一點人色全褪盡，但絕不能可憐眼前這風燭殘年的老婦，只要再加一把勁，就是徹底征服，自己一生最精華的一段的七小時糟蹋於此，從原價六千到六百成交。不過這是在顧不得分神回覆褲腰帶上 Beeper 的妻子多次呼叫下，他勝了，他得逞了，而等著他的卻是早產大出血的妻子。

　　嚴歌苓在這三篇中所勾勒描繪的移民男性，同樣有著異域生存下的弱勢處境，他們的艱難困境並不亞於女性，生活經濟壓力、情感精神依存、文化身分認同的迷失與困惑所致的孤絕感深重瀰散於作品中，這些由男性身影所碰撞出的聲響，確能增添補足那隙縫生存下的種種狀態，將移民寄居的生存外在現象增添得更細緻完足，而能與移

社，1994年）；〈簪花女與賣酒郎〉、〈海那邊〉二篇收於《海那邊》（臺北市：九歌出版社，1995年）；〈茉莉的最後一日〉收於《倒淌河》（臺北市：三民書局，1995年）。這六篇作品陸續完成於一九九一至一九九五年間。

民女性所面臨的生存環境並置同觀。但不同於前述以女性主角發聲的作品，作家並未選取強調以「語言障礙／溝通」的進入異域寄居生活狀態，且較少處理男性人物內在思索部分，鮮少有如女性人物對外在衝擊的內在聲音表現。

因此，在嚴歌苓移民書寫的初期作品中，對於女性人物與男性人物的塑造，呈現出極為顯著的差異，相較於男性面對生活困境時直接解決單一問題，對於自我存在狀態並未出現過多的聯想進而思索，女性人物則表現得細膩深刻，經由作品中不同人物、不同視線的語言敘述安排，巧妙地揉合交疊多種外在內在的表達，將一個移民特定環境隙縫生存下所碰撞出的各種聲響，盡可能的表現出來。〈簪花女與賣酒郎〉裡那場精神勝利般的結婚進行式假想，就對殘酷無情的外在現實作了翻轉顛覆；〈栗色頭髮〉中的女子在跌跌撞撞於一處處現實壓力矮牆，對自己的移民寄居生存狀況有更多的質問與困惑後，慨然聳矗於前是一堵似乎攀越無望的高牆，那已非關外在現實而是對內在自我的種種探問；而〈少女小漁〉中框設於異域移民生活中的多組對照，在小漁好心眼的觀看述說下，也已遠遠超越外在表象人生選擇的不同比較，而是一顆掏洗篩練後內在心靈的呈現。

對於女性，嚴歌苓有著個人的認知與認定，在其作品中女性的寬厚包容形象是極為突出，因為她意識到女性存在的位置與方式，她不贊成女權運動所倡導的對立女性主義，主張以柔順、寬容來面對處理各種逆境，這樣的女性特質散發於她的作品中，

> 我非常崇尚寬容的女性，我非常喜歡女人身上自然的東西。還有，在我接觸到的上一代的中國的婦女，那種非常寬容的東西，我非常喜歡，我本人天性也是比較寬容的。現在從塑造我

的人物的過程中，我希望把這些美的東西放進去。[25]

因此這樣的特質雖形塑自現實生活的認識，但作品中的人物應有更大的覆蓋，不該是單一人物特質的現實呈現，而是文學的女性形象設想，有著聚合群像的表現，有文學高度的可能性。由此我們即可了解到嚴歌苓所謂的寬厚包容，正是符合她的文學發聲所經歷的，也就是在異國邊緣中求生的弱者女性身上所開展的結果。這是一種作者心靈探索與認同過程，在邊緣中找到自我存在的意義，拒絕同化而為此發聲，語言隔閡下，民族文化撞擊中的邊緣中自我退縮萎縮的自我，表達她所曾經歷的種種困境與納悶，透過此一連串發聲而漸漸成長。我們透過此一系列短篇小說中的女性，看到的是離散遷移無論其形式為何，是一種挑戰，若無反抗，若無衝擊，就沒有突破，被多數不適應、被凝視、歧視視線環繞，甚至語文表達困境中，我們看到嚴歌苓小說中的女性是一種作家自我認同的複雜成長脈絡的投影。由此嚴歌苓的創作發言不僅看到自己而在所謂移民美國的中國婦女身上，找到自我發聲的理由與為移民美國的多數中國婦女們代言之欲望，正確地找尋自我，為己發聲而後為人發聲之另一門境。

五　迴響

嚴歌苓對於自己在赴美留學初期作品裡所留下的華人女性移民聲音，她說那是作品選擇了自己，正因為她身處其境，她了解那種身處異域環境的不適狀態與不安全感。[26]她將這份細微難以言說的內在心

25　〈《謊測》改為《無出路咖啡館》〉，網址：http://www.kanunu8.com/files/chinese/201103/2010/46365.html。瀏覽日期：2017年11月22日。

26　「我寫了很多中國女人或者中國人在國外的生活，環境是異域的環境，是非常不同

靈感觸，選擇最具象的語言溝通窒礙來表達傳遞，對巨大的東西方文化價值系統發出種種叩問，無異是一個深富意義的逆向思考策略書寫。因為異域生活對語言溝通情感表達有高度的敏感與靈感，這為嚴歌苓帶來文學創作的思索，她以語言溝通切入移民者的生活、情感、文化、身分、歸屬、甚而人性的探索，表現一個異域生存困境下寄居疏離、身分反思的普遍精神狀態。

除了選擇語言為切入點，她還特別強調一個重要的背景因素——特定環境，異域生活所必然牽引出的無所歸屬感，兩者相加相乘下所述說的故事，困境弱勢、克服超越，一個一個移民女性的聲音，從故事到現象到本質的探索，嚴歌苓非常自覺的掌握自己作品的意義，「我總是希望我所講的好聽故事不祇是現象；所有現象都能成為讀者探向其本質的窺口。所有人物的行為都祇是一條了解此人物的秘徑，而條條秘徑都該通向一個個深不可測的人格的秘密。誰都弄不清自己的人格中容納了多少未知的素質——秘密的素質，不到特定環境它不會甦醒，一躍而現於人的行為表層。」[27]

赴美初期短篇作品，當然無法全面說明嚴歌苓在長期持續創作多重書寫探索下所代表的意義與價值，但如此細微的切片，卻是集中精準地敘說異域移民女性在現實生存的困境，以她獨特的理解與同情說

的，一個人從自己的熱土上被拔起來放到一個冷土上，處處感覺不適的狀態，不安全感，我寫的很多這樣的東西，我在文學當中很少做批評。還有一個異化的問題，就是說無論我寫什麼東西，我不可能離開我的心境，寫異族女性我沒有把握，我不知道我了不了解她們的心靈，她們的內心生活。對中國移民，我非常了解。我沒有辦法，這是作品選擇我。」請參見〈《謊測》改為《無出路咖啡館》〉，網址：http://www.kanunu8.com/files/chinese/201103/2010/46365.html。瀏覽日期：2017年11月22日。

27 嚴歌苓：〈主流與邊緣——寫在長篇小說《扶桑》獲獎之後〉，收錄於《波西米亞樓》，頁215。

出一個個動人的海外寄居故事。嚴歌苓早期小說中聚焦特寫語文溝通之艱難尷尬，受民族意識之囿，而無法認同美國的敘述策略，在在顯示她為何不得不以母語發聲之理由與遠因。當她說出「我不會進你們美國人的房子的，送我回我的中國朋友那兒去」，或許這是她對自我斷然離開祖國選擇隻身赴美，遭遇如此坎坷曲折的現實經歷寫照，也是她要重新回到母語創作之合法性與正當性的明確表明。但她決定自我母語發聲開始，就積極探索語文溝通是否真能溝通的思辨主題意識，是她的文學創作的自我意識的提升，也是讓我們為何更深入探析此一關鍵分析點的理由。透過本文之討論，我們了解到嚴歌苓的作品應是打開了寄居歸屬認同的掙扎與語文溝通心靈困境中找尋自我，為己發聲進而為人發聲之離散遷移書寫的文學世界另一門境。

主要參引資料

嚴歌苓，《少女小漁》（臺北市：爾雅出版社，1994年）

　　　《海那邊》（臺北市：九歌出版社，1995年）

　　　《倒淌河》（臺北市：三民書局，1995年）

　　　《波西米亞樓》（臺北市：三民書局，1999年）

　　　〈我的「激情休克」〉，《時代文學》2002年第5期（2002年5月），頁57-58

　　　〈中國文學的游牧民族《少女小漁》〉，《中央日報》18版（1998年1月2日）

　　　〈母體的認可〉，《中國時報》37版（1998年3月30日）

李歐梵，《現代性的追求——李歐梵文化評論精選集》（臺北市：麥田出版，1998年）

賀佛爾（EricHoffer）著，梁永安譯，《狂熱份子：群眾運動聖經》（臺北市：立緒文化，2004年）

李有成，〈緒論：離散與家國想像〉，收入李有成、張錦忠編《離散與家國想像：文學與文化研究集稿》（臺北市：允晨文化，2010年），頁7-45

金　進，〈從移民到憶民——關於嚴歌苓小說精神的探討〉，《中國現代文學》第22期（2012年10月），頁171-187

邱珮萱，〈凝視與差異：嚴歌苓短篇小說中的移民男身〉，《北市大語文學報》第15期（2016年6月），頁39-58

胡亞非，〈本土與海外：作家嚴歌苓訪談錄〉，《楓華園》（1997年2月）

馮品佳，〈嚴歌苓短篇小說中的華裔移民經驗：以〈栗色頭髮〉〈大陸妹〉及〈少女小漁〉為例〉，《中外文學》第29卷第11期（2001年4月），頁44-61

陳思和，〈嚴歌苓從精緻走向大氣〉，收入《嚴歌苓文集・少女小漁》（北京市：當代世界出版社，2003年），頁280

單德興，〈從多語文的角度重新定義華裔美國文學：以《扶桑》與《旗袍姑娘》為例〉，收入《銘刻與再現：華裔美國文學與文化論集》（臺北市，麥田出版，2000年），頁275-291

葉如芳，〈嚴歌苓的移民女性書寫〉（臺中市：東海大學中國文學研究所碩士論文，2000年）

葉佳佩，〈嚴歌苓《人寰》研究〉（臺北市：國立臺灣師範大學國文系教學碩士論文，2011年）

李亞萍，〈與嚴歌苓對談〉，網址：http://www.kanunu8.com/files/chinese/201103/2010/46397.html html。瀏覽日期：2017年11月22日

〈十年一覺美國夢〉，網址：http://www.kanunu8.com/files/chinese/201103/2075/47715.html。瀏覽日期：2017年11月22日

〈錯位歸屬〉，網址：https://tw.ixdzs.com/read/116/116659/27447103.html。瀏覽日期：2017年11月22日

〈沒有優越感：走近嚴歌苓〉，網址：https://tw.ixdzs.com/read/116/116645/27446657.html。瀏覽日期：2017年11月22日

〈嚴歌苓：我是飄忽的寄居者－不想寫現代愛情〉，網址：http://news.sina.com/sinacn/501-104-103-107/2009-03-03/1849695964.html。瀏覽日期：2017年11月22日

〈嚴歌苓作客新浪談《第九個寡婦》〉，網址：http://www.kanunu8.com/files/chinese/201103/2010/46364.html。瀏覽日期：2017年11月22日

〈《謊測》改為《無出路咖啡館》〉，網址：http://www.kanunu8.com/files/chinese/201103/2010/46365.html。瀏覽日期：2017年11月22日

生命

生命

　　生命書寫（Life Writing），是原住民文學的主要呈現也是原住民研究的重要議題，其將個人生命經驗流轉的情感記憶，透過書寫自我想像自我，讓部落族群的文化歷史得到具體紀錄，企圖回應過去被他者不斷丈量研究的中心主流書寫。這種反身式的自我（self）書寫，有回應他者（other）想像之作用，此與文學批評與文化研究的凝視（gaze）概念並置，兩者間有相當契合的部分。透過這樣的書寫過程，原住民族主體除持續不斷進行著對話形塑、認同建構、與凝聚族群意識，更能將原住民族文化向主流社會滲透，重新獲得族群的詮釋權，是一個文化對話位置的生產。

　　以凝視翻轉的原住民生命書寫為主軸，探討夏曼・藍波安近作長篇《大海浮夢》在此論題上的呈現，他以第一人稱的身份述說自我生命經驗情感的流轉，並細密地包覆過去作品中以族人、部落、族群為主角的生命敘述，更完整的呈現達悟族群的過往歷史與現今處境。他以島嶼符碼重構的生命書寫，將邊緣的他者（other）重塑為主體（subject），從作為「對象」的存在成為「主體」的言說，透過書寫部落族群生命敘述證明族群主體的存在，意欲創造一個族群文化再認識的機會。

生命：島嶼符碼

> 這本書《大海浮夢》，獻給我已逝去的雙親，大伯，我的三個
> 小孩，一個孩子們的媽媽，以及給我自己。
> 我用木船捕飛魚，用身體潛水抓魚，讓海洋的禮物延續父母親
> 從小吃魚的牙齒，孕育孩子們吃魚的牙齦，讓波浪的歌聲連結
> 上一代與下一代的海洋血親，生與死不滅的藍海記憶。
>
> ——夏曼·藍波安[1]

一　他者

　　在晚近全球對中心主流書寫的反省實踐下，少數族裔弱勢群體漸
取得發言位置的邊緣書寫，如此的發展不單豐富了文學創作的多樣風
貌，且在其引導下所開創出的論述議題更受到重視。臺灣在八〇年代
解嚴的社會風潮下，原住民族群迸發出蓄積已久的能量，努力於邊緣
身分的主體認同建構書寫，在三、四十年的成果累積下，篇篇自我生
命書寫的文本，不僅再現生活現實經驗與情感體悟省思之敘述，用以
建構自我的記憶、主體與身分認同，並意自其中所推延的論述空間，
重新奪回族群文化的詮釋權。這樣的生命書寫，讓原住民作家不但可
以在文本中展演自我生命的故事進而另寫族群歷史，企圖成為主流敘

1　夏曼·藍波安：〈浮生浮沉的夢〉，收錄於《大海浮夢》（臺北市：聯經出版，2014
　年），頁13。

述外無法漠視的參照點。

　　生命書寫（Life　Writing）[2]，是原住民文學的主要呈現，也是原住民研究的重要議題，其將個人生命經驗輾轉的情感記憶，透過書寫自我想像自我，讓部落族群的文化歷史得到具體記錄，企圖回應過去被他者不斷丈量研究的中心主流書寫。這種反身式的自我（self）書寫，有回應他者（other）想像之作用，此與凝視（gaze）概念中拉岡（Jacques Lacan, 1901-1981）透過視覺理論將自我與他者視為某種鏡像關係，被置放在他者視覺領域（field of the other）下的自我，重審自我處境與彼此關聯形成自我再現，同時經由這樣的再現方式，凝視的權力關係因之重新建構。其實拉岡所指的鏡像與凝視是在佛洛伊德（Freud, 1856-1939）心理學重塑途徑，簡言之，是個人自我建立過程的深入檢析，即個人透過凝視模仿對象的觀察與被凝視視線的互相激盪中自我成長、確立自我的龐大理論體系。[3]或許正因如此，文學

2　相關生命書寫觀點，請參見黃心雅：〈美國原住民的自我書寫與生命創化〉，收錄於《生命書寫》（臺北市：中央研究院歐美研究所，2011年），頁137-173。該文中作者不但對美國原住民自傳／生命書寫的傳統與發展有脈絡性的敘述，同時深入闡發原住民生命書寫不同於西方傳統自傳敘述，並非單一自我的表達，而是個人生命與族群歷史共同交織，對於原住民的自我、血緣、記憶、歷史、土地等認同書寫，皆為重要的參考依據。

3　關於「凝視」語詞的精簡說解，請參見廖炳惠：《關鍵詞200：文學與批評研究的通用辭彙編》（臺北市：麥田出版，2003年），頁120。有關拉岡理論的基本論述，請參見 Lacan, J. *The Seminar, Book XI, The Four Fundamental Concepts of Psychoanalysis,* 1964, ed. by Jacques-Alain Miller, transl. by Alan Sheridan, W.W. Norton & Co., New York, 1977. 尤其本文的理論視角相關內容，第二章 OF THE GAZE AS object petit a, 6. The Split betweeen the Eye and the Gaze, pp.67-78. 第三章 THE TRANSFERENCE AND THE DRIVE, 14. The Partial Drive and its Circuit, pp.174-186. 對此進一步分析與介紹，請參見 Žižek, Slavoj, "Jacques Lacan's Four Discourses," Lacan Dot Com, 2008. （檢索日期：2017.08.15. http://www.lacan.com/zizfour.htm). 與 Žižek, Slavoj; Salecl, Renata (eds.), Gaze and Voice as Love Objects (Durham: Durham University Press, 1996). 其中對鏡像關係（Mirror stage）的介紹，請參見 P. van Haute., "LACAN, JACQUES,"

中的生命書寫所自然表露的心路歷程能符合此一研究視角，藉此我們將探析夏曼‧藍波安作品中的生命書寫能所傳達的意義。雖然，本文借用此觀點與概念進行文本的梳理與闡釋，但也相信任何理論與概念，在跨越東西世界不同文化心靈中是無法照單全收的，尚且文化心理學與文學研究不知能否妥當地進行跨領域研究的情況下，本文只是一種嘗試性研究的自我期許，也許將此視為在不同研究領域視野疆界之間的激盪與想像，可能較為妥切。

　　夏曼‧藍波安從曾經是臺灣現代都市資本文化體系中的他者（other），到回歸蘭嶼族群文化後逐漸找回自己所屬的自我主體；當他身處在臺灣現代都市資本文化體系的環境時，成長而苦悶，他既是被凝視的對象，但卻也同時凝視著漢族語文文化；當他帶著漢族的他者經驗回到蘭嶼部落，卻又因曾受漢族文化與現代文明的污染而受到族人凝視對待，此際夏曼‧藍波安的他者經驗是複數的，而他就在複雜的鏡像網絡中尋找自我的生命旅程中開始發聲。但他的發聲與發言（word）幾無選擇性的只能透過漢族語文，以中文記憶著漢族文化與現代臺灣的都市資本主義，卻也同時敘述自我部落傳統與族群意識；而身為讀者的我們才得以閱讀他的中文作品來記憶，以夏曼‧藍波安為代表的他者與他族的心靈與歷史的生命書寫。因此，在夏曼‧藍波安作品中所呈顯複雜鏡像對照的脈絡（context）上，我們應當如何看待他的生命書寫的歷程？他的作品是被殖民的、被消失的族群找回發聲機會，還是尋找自我生命傳承樸實記憶的重顯？也許本文所指「他者記憶／記憶他者」之間的某處，或能捕捉此一複雜的文學景象。

Encyclopedia of philosophy, 2nd edition, Detroit: Thomson Gale; New York: Macmillan Reference USA, 2006, p. 168. 他者（Other）的介紹，請參見 Dylan Evans, An Introductory Dictionary of Lacanian Psychoanalysis (London: Routledge, 1996), pp. 133-135.

　　本文即以凝視翻轉的原住民生命書寫為主軸，探討夏曼・藍波安近作長篇《大海浮夢》[4]在此論題上的呈現，猶似自傳的生命書寫，夏曼・藍波安意圖成為一個見證，記錄達悟族人在蘭嶼的歷史文化記憶，對達悟族人而言，這些記憶承載著其先人過去與族群的未來。論文安排上，除本節的他者記憶／記憶他者外，二是梳理一九八〇年代臺灣原住民文學漢語文學的發展，強調以第一人稱主體身分的自我發聲，並見夏曼・藍波安在原住民作家文學中的典型性與代表意義；三是《大海浮夢》首章──向族群經驗回歸，重構部落之古典，以部落耆老身影風範的初始記憶，重構達悟文化的思維與知識體系；四是《大海浮夢》末章──夏曼藍波安回歸蘭嶼重組島嶼符碼，著重表現以依海洋而生存的特殊島嶼文化，用伐木造船的實踐紀事與象徵意涵，並藉此呈現出達悟民族在現代與傳統中的困境與選擇，微力身抗後現代與後傳統的心魂戰爭；五為凝視翻轉──是傳承也是啟蒙，透過書寫部落族群生命敘述證明族群主體的存在，將邊緣的他者（other）重塑為主體（subject），重新獲得族群的詮釋權，意欲創造一個族群歷史文化再認識的機會；最後是凝視與對話，在凝視鏡像網絡中，凝視「他者記憶／記憶他者」，是一種互相深刻理解的捷徑，也是臺灣當前最真實的記憶寫照。

二　創世

　　新世紀初（二〇〇三年）出版的《台灣原住民族漢語文學選集》四卷七冊，對原住民文學作品整理的數量規模與分類系統，較之於先

4　《大海浮夢》全書分為四章，第一章「飢餓的童年」、第二章「放浪南太平洋」、第三章「航海摩鹿加海峽」、第四章「尋覓島嶼符碼」，本論文討論重點置於首章與末章，並不處理夏曼・藍波安航海移動夢想實現的第二、三章的部分。

前的選本更見完整與代表性，孫大川在此書的編選序言〈台灣原住民文學創世紀〉中指出：

> 嚴格說來，台灣原住民漢語文學的形成，乃是一九八〇年代中期以後的事。鬆軟的歷史環境，飽滿的主體自覺、多元文化的價值肯定，的確為原住民介入台灣的書寫世界創造了相當有利的條件。沒有文字的原住民，借用漢語，首度以第一人稱主體身分向主流社會宣洩禁錮在其靈魂深處的話語，這是台灣原住民文學的創世紀，是另一民族存在的形式。[5]

在這段總結性的話語中，是以外在客觀環境的背景因素為基底，強調原住民作者「以第一人稱的主體身分自我發聲的重要意義」，[6]認為從過去長期只能以第三人稱被描繪被記錄的情況下，開始在族群意識覺醒的積極嘗試中，抗爭控訴、認同焦慮、部落傳統、山海世界等凸顯族群文化經驗的寫作題材，漸次構築了原住民作家文學的書寫世界。

　　觀察八〇年代原住民文學創世紀時期開始與其後接續的原住民作家群，多是戰後出生並接受臺灣現代化教育的原住民知識分子，他們的學習培育歷程與生活情感經驗，不斷受到漢系族群文化的形塑和干

5　孫大川：〈台灣原住民文學創世紀〉，收錄於《台灣原住民族漢語文學選集──評論卷上》（臺北市：印刻文學，2003年），頁5。

6　此處「第一人稱身分」的辨識準則，足與先前以原住民題材的作品作相當的區隔，孫大川對「第一人稱身分」的強調，「嚴格意義下的原住民文學，當然應該是指由原住民作者以第一人稱身分所做的自我表白，他人的描繪、記錄、揣摩，終究無法深入到我們的心靈世界。」並指出晨星出版社在吳錦發籌劃編輯下，於80年代中期陸續出版的五冊「原住民文學」，他認為這是漢語原住民文學「成熟的起點」，因為其中三冊全是原住民作家創作，「這顯示原住民已嘗試正式以第一人稱（我）方式自我表白。」請參見孫大川，〈原住民文化歷史與心靈世界的摹寫〉，《中外文學》第21卷第7期（1992年12月），頁164。

擾，從挫折、徬徨、覺醒、抗爭到選擇文學創作表達其沈重悲傷及嚴
肅目標的重要方式，其書寫意圖清晰指向文學並有具體成果，而有了
一般所稱原住民文學「開始出現」的階段。[7] 八〇年代的原運世代，
九〇年代的回歸部落，幾乎就是他們曾經一同走過的崎嶇道路，莫那
能、拓拔斯‧塔瑪匹瑪、瓦歷斯‧諾幹、夏曼‧藍波安、阿烏等人，
都是文學研究評論學者經常論及的原住民代表作家群，而其中達悟族
的夏曼‧藍波安的生命經驗與文學創作的歷程，更是一個意義豐富的
典型代表。從少年棄絕小島出走築夢、臺北都會邊緣求生的難適迷
惘、族群權益抗爭運動的積極投入，到重回蘭嶼接受族群部落文化的
薰養。經過十六年的自我放逐飄泊，重回蘭嶼母體文化的懷抱，傳統
生產技藝的勞動實做，部落耆老智慧的經驗傳承，都在在讓夏曼‧藍
波安體悟特屬達悟男人的原生價值，這段三十年的歸島生活在洶湧浪
濤溫柔水波洗刷蒙塵的生命歷程，也正是他深入自己族群文化情感
的經驗探索。

　　一九八九年回到蘭嶼定居的夏曼‧藍波安，開始嘗試潛水射魚、
伐木、造船、捕撈飛魚，從傳統生產技能的親身實做經驗，學習成為
一個真正的達悟人，重新認識並肯定族群文化價值。他在一九九二年
出版《八代灣的神話》，書中以達悟族語思維漢文書寫的方式，講述
關於雅美人捕魚、築屋、種芋等主要生活技藝的神話傳說，是他傳續
達悟文化的第一步；而在一九九七年的《冷海情深》中，則完全表現
他個人回歸族群文化的省思歷程，在海洋的滋養下，他脫離困頓徬徨

7　浦忠成認為臺灣原住民文學應分為口傳文學與作家文學二種，其中作家文學是「原
　　住民運用書面語言──文字作為書寫的工具，以散文、詩歌、小說、報導文學的形
　　式進行情感抒發，意志表出與思想陳述的文學藝術創作行為。」此文在「原住民作
　　家文學」的產生條件與發展過程，亦有精要的論述。請參見浦忠成，〈原住民文學
　　發展的幾回轉折──由日據時期以迄現在的觀察〉，收錄於孫大川主編《台灣原住
　　民族漢語文學選集──評論卷上》（臺北市：印刻文化，2003年），頁99。

重拾自我尊嚴的生存意義，從施努來到夏曼・藍波安，是一段蒙塵清洗到再造的生命軌跡。一九九九年的《黑色的翅膀》是以飛魚迴游的亙古宿命交織著少年與海洋的愛戀，訴說異文化的漂泊情愁，此書獲得當年吳濁流小說首獎；二〇〇二年《海浪的記憶》除延續《冷海情深》的創作精神外，更擴大思索整個達悟民族依存海洋共生的文化價值，是人與海洋相依相惜永無止境的深情對話。至此歸島回鄉十餘年，夏曼・藍波安奠基於回歸部落的真實生活，在那一篇篇充滿海洋氣息的生命書寫中，重新認識與肯定認同自己的族群文化，不僅是生命學習更是族群延續，是夏曼・藍波安為實現一個有希望的夢，企圖營造族群自信再生的泉源。

因為這樣的書寫實踐，夏曼・藍波安受到文學研究者的相當注目，如廖咸浩就從原住民權益運動破滅到立基文化的夢想重建的過程，提出他的觀察，

> 早期參與原住民權益運動的人大多是居住於都市中的知識分子，故也未能充分瞭解到這一點（傳統文化價值）。他們一度曾相信政治運動就可以帶動社會正義的重新分配，直到察覺自己在反對運動中，也不過是個被粗糙對待的樣板，方才瞭解到夢想必須建築在一個穩固的文化根基上。夏曼・藍波安就是一個政治運動者幻滅的典型例子。因為有了前述的領悟，他遂放棄了臺北的一切，回到蘭嶼；並試著從擺脫都市價值、學習部落傳統，重新開始。[8]

---

8 廖咸浩：〈「漢」夜未可懼，何不持炬遊？——原住民的新文化論述〉，收錄於《「文化、認同、社會變遷：戰後五十年台灣文學國際學術研討會」論文集》，（臺北市：行政院文化建設委員會，2000年），頁355。

學習部落傳統，才有重新開始的根基。又如同是原住民身分的作家與學者孫大川，也認為真實重體部落傳統文化價值，不僅是族群主體與自我認同的重要來源，也應是原住民文學書寫最長遠可行的道路，

> 許多原住民作者的經驗證實，直到他們從激越的反抗意識中返回自己的族群，剝除知識分子的傲慢，學習曾被他們遺忘、漠視的老人家的智慧，甚至學著服從被自己以前看來是迷信、威權的各種禁忌和部落制度，他們才確立了自己的主體性，也同時肯定了自己族群的主體性。這樣一種對自己生命自我安頓的努力，並由此激發創作動力的方式，我認為是萌芽階段原住民文學創作者最健康的道路，也只有這樣，我們的創作生命才能才能久遠。[9]

　　隨後，夏曼・藍波安重回學院體制修習人類學、文學等學術訓練，整理〈原初豐腴的島嶼——達悟民族的海洋知識與文化〉，二〇〇九年的《老海人》則敘述了幾位與自己生命十分親近，安洛米恩、達卡安、洛馬比克，都是有著美麗的達悟名字但現實生活卻不美麗的部落邊緣人；二〇一二年的《天空的眼睛》則望向那些在七、八〇年代遠離海洋鼻息，移動到臺灣而成為新興的另類「流亡者」，這些身邊族人的故事，都是不得不的生存選擇，在現代性環境的衝突中，對過去難以釋懷、對未來沒把握。二十多年的創作，書寫著自己與親人族人層層積疊的生命故事，夏曼・藍波安以二〇一四年《大海浮夢》長篇串連這一切，是一部帶著明顯自傳性質的作品，從童年回憶之眼流轉至今，溫厚深情書寫達悟生命之海，「實可看作夏曼・是以一人

9　孫大川：〈原住民文學的困境〉，《山海文化》雙月刊創刊號（1993年11月），頁102。

之力，用他的『存在方式』，為過去、現在和未來的達悟人（有質感的人），以文字為舟楫，泅渡個人與民族的生命、文化、哲思與詩性之海。」[10]

三　童年

《大海浮夢》的首章題為「飢餓的童年」，此處的「飢餓」為何義？夏曼・藍波安在書中自序〈浮生浮沉的夢〉中說：「十六歲到三十二歲，是追求我前半段遠離小島束縛的理想，靠自己考高中，在臺北南陽街補習，及學習臺北的生活，爾後考大學，這段過程憂鬱勝過於愉悅，核心的問題是經常『飢餓』，還有『山地同胞』象徵智力不足，落後的汙名纏身。台北街頭的路人，他們的眼神對我的輪廓長相、膚色一直讓我不安。」（《大海浮夢》，頁 13）[11]這一不安的描寫，他用飢餓表述的，實際上是在凝視視線看待的鏡像關係中的掙扎，也是對自我學習模仿對象的凝視與被凝視對待所蘊含的複雜激盪過程，是在主體與邊緣中抉擇的艱難過程。這一激盪不安乃是建立自我的必經階段，我們或也可以將它視為是一種文學創作的最初原始慾望或雛形。

夏曼・藍波安在年少追求理想時所面對的「飢餓」問題，不單是肉體的貧乏，更直指心靈的空虛，此一凝視著學習對象的種種經歷，尤其在「飢餓」解決的途徑中，他驚然意識到原來自己與他們是不同的，「南陽街、信義路、和平東路、師大路、羅斯福路、二二八公園

---

10 請參見董恕明：〈海是世界無止盡的追尋〉，收錄於《安洛米恩之死》（臺北：印刻文化，2015年），頁265-266。

11 夏曼・藍波安，（臺北市：聯經出版，2014年），頁13。後續引文出自此書者，直接於內文中標記書名及頁碼。

等等的，臺北市沒有一條路，一條街曾經吃飽過。有一天，我發現了自己，原來我跟他們說不一樣的語言，也忽然意識到自己在臺灣好久好久沒有吃魚、吃飛魚，也沒有游泳，原來我不是漢人。開始感覺我不能沒有藍色的海洋。」（《大海浮夢》，頁 14）正因為這種內外「飢餓」交逼的不安衝擊，才得以映照島嶼過往藍色海洋所建構的原初「豐腴」，

> 「飢餓的童年」，是原初的豐腴社會的末稍，原來的島民循著自然節氣穩固古早初民社群建構的生態時序，部落社會階序的倫理，從我個人的成長過程而言，是幸運的符碼醞釀了我的夢想，也啟蒙了我初始的民族意識。（《大海浮夢》，頁 468）

夏曼・藍波安將這份心靈精神的豐腴富足具象體現在人物思維上，以童年時期的親族長輩外祖父與小叔公人物形象思維來表述。夏曼曾說：「自己在邁入半百之後，凌晨起來書寫，在這個荒謬又脫序的時代，回想我與他們共同生活的情境，一直是我思索民族問題時的幸福泉源。」（《大海浮夢》，頁 61）這一族群意識的驚醒，是夏曼・藍波安從小受到自我族群符碼的影響，其實他的童年也是以無意識的凝視著自己親人與族人而學習成長過的。此一模仿學習過程深植其內心，導致後來他到充滿漢族與現代資本主義文化象徵都市臺北生活時，他所要面臨的是一種心靈挑戰，是另一種凝視與被凝視對待，而有意無意進行不安學習的鏡像關係中的。當夏曼・藍波安的自我身分認同驚醒時，我們即能明白他的回歸選擇是自然而無可迴避的發展。

夏曼・藍波安以自己親身體炙族老風範的初始記憶，重構達悟文化的思維與知識體系，用以去除心靈精神的飢餓虛乏感。雖不是血親真正的外祖父，「但我父親說，他是這個島嶼造船的頂級好手，是夜

航獵魚的高手，夜航觀星的智者，要我聽他的故事，他因而成為我記憶裡最有野性美的，值得尊敬的『男人』。」（《大海浮夢》，頁 35）夏曼・藍波安以細膩慢筆的方式敘述姐姐為已眼瞎的外祖父剃髮修面的情景，而其間流洩出一句句外祖父疼惜珍愛的話語，「切格瓦（Cigewat，夏曼・藍波安出生時的族名，意即「不可動搖，永遠守著家屋、島魂」），你是男人，要會抓魚，會造船，海洋的靈魂才會愛你。」「你長大後，不要去遠方的島噢。……海洋會給你很多很多的學習。」「在漢人的學校不可以聰明，最好的辦法是，把自己變笨。」「你的靈魂必須堅強，好嗎？」在這些點滴的回想追憶中，是那些出生於一九〇〇年以前的族老，生活在沒有外來異族文明干擾的思維，

> 他們內心的思維，幾乎全圍繞在海洋與飛魚之間的節氣與漁獲的訊息，他們有特殊的氣宇，是現代人很難再複製的氣質，也就是說，他們那個世代的人只關心大自然鼻息的變換去適應，祈求溫飽不僅是儀式祭典的展示，也是跟大自然祈求禮物。……是涉及於文化內容的生活實踐、文化祭儀，以及親族之間的部落的和諧，與自然的節氣融為一體的心理表現。（《大海浮夢》，頁 53）

是這種被海洋愛護訓練的簡單樸實生活，讓「如此之孩提時期的生活影像，外祖父的第一個故事、他的神韻，迄今仍然影響我在夜航捕飛魚、獵魚時的影像，以及我的人生觀，一直到現在，我還是想念外祖父。」（《大海浮夢》，頁 43）外祖父傳遞給他的是達悟族群純潔的海洋觀。

而另一位影響他命運參與更深的是小叔公，他「善於言語表達，是部落裡的智者，有聲望的耆老，尤其是口述部落史、傳說的民間故

事、詩歌的創作都是島民公認的。」（《大海浮夢》，頁 80）而這些傳說故事歌聲樂府正是族群文化的生活哲學，讓孩提時的夏曼・藍波安很早就植入了海洋信仰的思維。夏曼・藍波安以小叔公獵魚勇士的氣概接連帶出部落原初型的追浪的男人，他用神聖虔誠的筆墨呈現部落傳統釣鬼頭刀魚的年度首航之日，彼時出海的灘頭宛如是梵諦岡午夜彌撒的隆重場景，

> 部落裡所有的漁夫們，其外在面容的平靜如晨間的汪洋，他們身上僅繫著一條丁字褲，裸著上身，赤腳，坐在自己船邊的沙灘上，眼神盯著微浪宣洩後的灰白色的混濁浪沫，內在虔誠的神情是吸引我們這些部落裡的小男孩們的眼睛，他們的莊嚴，說是跟海神要禮物，彷彿讓族人敬畏的海神就在漁夫們眼前的感覺。（《大海浮夢》，頁 73）

那時一同出海的七十多歲小叔公摸摸我的頭說，「將來你也是獵漁船隊的一員，我的感受好像小叔公已把我帶進浮動的海面。」（《大海浮夢》，頁 73）這個讓魚精靈飛躍的早晨，獵魚勇士灘頭出海的剎那，「是我這一生的驚艷影像，震撼了我的視覺感官，我纖弱的心魂說，哇！好美好美，我儲存在心底。」（《大海浮夢》，頁 75）是這美好動人的一幕醞釀了夏曼・藍波安人生初始的願望，而這也同屬許許多多達悟男孩未來的夢想。

從汪洋藍海到山林陸地，從族人出海獵魚的神聖寂靜情境到族人與漢人接觸後的衝突紛擾情景，夏曼・藍波安接連寫出漢人來到島嶼後，山林祖產龍眼樹的被盜伐，傳統田園作物的被盜採，族人抗議要求賠償未果，

> 族老們一生被陽光曬黑的身影，終年被家屋柴煙燻黑的籐盔、
> 戰甲、鈍長矛，似是紀律嚴謹的黑武士戰隊，被ㄆㄧㄤ的一聲
> 槍鳴，神魂立刻的被擊潰，……即使族人公認最為凶悍的、最
> 有正義感的，也在反抗退輔會盜伐林木之中的我的小叔公，從
> 那一刻起也變得溫馴了。原來我們怕手槍更甚於怕惡靈。(《大
> 海浮夢》，頁93)

而這樣的潰敗，不單是可見的物質財產，「我們的自然野性將漸漸被
馴化，邁向以漢人為主的生活節奏，大傳統未來將失衡，小傳統將式
微，微傳統將迷失，物質的攝取也將轉換，是食物的匱乏與飢餓時代
的降臨。」(《大海浮夢》，頁94)在漢人學校教育下讓人迷失困惑的
學習經驗，在椰油碼頭貨輪往返中卸下外來物資載走族人身心，島嶼
生活的種種變異，讓原初豐腴的社會已確定沒有回頭的旅程，被外來
文明統整的飢餓，成為可預見的明天。

四　符碼

　　從父母親族世代的視線而言，夏曼・藍波安這一代是「臉朝向大
島臺灣」的達悟人，他們曾因追逐夢想失去了「根」也迷失了「路
線」。這一樸實坦言正符合所謂凝視視線所要捕捉的，也是臺灣原住
民面對當前危機的深刻描寫。他們族裔年輕一代所看的、所嚮往的、
所注視的、所凝視的就是大島臺灣。而這一深刻體驗與曾經迷失，必
須找回自我生命之根，夏曼・藍波安最終覺悟到，在大島迷失流離十
六年的挫傷下，如何回到自我，該凝視著什麼，就是他生命的源頭活
水乃大海。

> 歸順於島嶼的傳統，父母親的再教育，波濤的再淬鍊，是我們
> 可能唯一的有機尊嚴，從環境與島嶼文明學習秩序，回家尋覓
> 「島嶼的符碼」吧！我說在心海。（《大海浮夢》，頁404）

夏曼・藍波安在此章中多處提及這個島嶼知識傳統信仰的「符碼」，民族與環境自然相容的「共生密碼」，然而這樣隱性的「島嶼密碼」，在現代文明中已在島民不自覺中被取代而悄然逝去。自此，夏曼・藍波安三十年歸島定居的親身實踐勵行，將其作為終身不滅的志業追求著，認為「這是我們在現實生活多層次的碰撞與衝突，在民族生活實踐與環境生態知識學習微弱傳承，文化載體以身體語言感悟野性空間的符碼。」（《大海浮夢》，頁404）。

夏曼・藍波安在《大海浮夢》末章中著重表現以依海洋而生存的特殊島嶼文化，用伐木造船的實踐記事與象徵意涵，串起過去、現在和未來，並藉此呈現出達悟民族在現代與傳統中的困境與選擇。伐木造船是達悟民族古早傳承的生存教育，是一條從深山到部落，到灘頭再到海洋的生活學習，是島上男人的天職，它標誌著祈禱、儀式、與山神共享的盛宴、島嶼民族與環境共榮的初始科學。夏曼・藍波安將伐木造船的意涵完全映現於一場純淨生活夢境，

> 在山林深谷的乾河床邊的鵝卵石上，五位年輕人（夏曼・藍波
> 安的父親和親族兄弟）圍坐在叔父（即前文的小叔公）身邊，
> 他們咖啡色的身軀，他們的語言，他們的思維，他們對著即將
> 砍伐的龍眼樹歌唱，唱著對樹齡敬重祈福的古調，叔父莊嚴的
> 面容，使得歌聲在寧靜的深谷飄逸出自然人與自然環境最緊密
> 的相容程度，傳遞著未受過他族文明干預的信仰……忽然間，
> 山林的影像轉回部落裡，雕飾大船的慶功歌會，船身蓋滿了女

> 人辛勤栽種的水芋，所有前來祝賀大船完成的賓客們，臉上都
> 刻畫著祝賀歌詞的內容，我坐在父親身邊注視著前輩們對大船
> 船靈敬畏的集體神韻，那一幕構成我此生永恆清晰的記憶，該
> 年我五歲，一九六二年九月。（《大海浮夢》，頁 340）

　　此章就從五歲時童年純淨生活的夢境，到十九歲即將離島逐夢前
陪同父親上山伐木，看著父親專注儀態所呈顯的樹與人合一之情境；
再到自己決心歸島定居後，在親族長輩帶領下的首次實際參與伐木造
船，在船屋學習傳統生活的路徑，讓心靈處於備戰的學習狀態；直到
獨力建造此生第一艘傳統拼板船，彷彿是帶回了山林氣味福佑家屋，
更在之後接續的實做中，夏曼・藍波安明白到自己民族環境科學信仰
的「山林與波濤」是「島嶼與汪洋」共生的延伸概念。也因此，就在
這些記憶深海中的心神體悟與經驗圖像虛實交疊下，

> 此刻已五十來歲的我，已被涵化的我，在回憶過去的記憶影像
> 卻讓自己不自覺中進入了傳統族人在山林伐木的純度儀態，這
> 正是我一直想要追求的，孤影與山林靈氣相容的感覺。我流著
> 汗水，揮著斧頭，化自己的神情為已逝去父親伐木的姿態，把
> 惱人的現代性的種種思維拋出腦後，盡情沈醉在那山林翠綠陰
> 翳下的寂靜，斧削樹肉。（《大海浮夢》，頁 431）

　　隨著伐木造船的生活實踐，過去那些幾近歸於零的美好記憶開始
悄然流動，可以接近古早的寧靜，可以拉回親族共同生活的記憶場
景，可以讓心靈尋覓到更為堅實的感覺。當夏曼・藍波安以這艘滿載
島嶼符碼的傳統拼板船出海漁獵，任由情感被波濤下的鬼頭刀魚牽引
著，他深深體悟到，「當我把金黃色的鬼頭刀魚拉到船身內的時候，

我兒時的記憶，我的祖先們在日正當中獵漁船隊的影像，清晰的浮現在腦海，我說，祖先們，我做到了，海洋舞動的另類信仰，從深山裡啟動，船體木塊在家屋組合如是夫妻和諧的表徵，在灘頭出發正式成為家庭的一員，再到海上歌唱，跟海神請求恩賜禮物，這一條線的脈絡是我民族的男性共同承載的環境信仰，承受海洋浮動試煉人生旅程。」（《大海浮夢》，頁 457）最後，夏曼・藍波安謙卑的說出：「或許，我已進入了父親以野性生態環境與人文相容扣合的生活內容吧，讓我熱愛與野性環境相容時，勞動流出的汗水，不為金錢勞動，而是為造船取材的樹魂與自己被涵化的腦袋一點一滴的連結互相珍惜的符碼。」（《大海浮夢》，頁 421）這是自己民族的生存教育，從深山到部落，到灘頭再延伸到海洋。

此刻，中年的夏曼・藍波安明白，這原該是個三代之間的密碼，如今責任是落在己身，是繼承是傳授，伐木造船是希望孩子有機會參與，能給他美麗的成長記憶。當孩子的母親對著第一回上山見習的兒子說：「你是男人，造船是我民族的身分證，用眼睛看爸爸如何用斧頭斧削樹肉，你會有記憶的。」（《大海浮夢》，頁 441）當自己用著達悟語為初始遇見山魂樹神的兒子靈魂祈福，把從父祖輩相承而來的與環境靈氣建立親密的符碼儀式為他比畫時，父子兩人同露喜悅笑容的心神，讓美好記憶得以銜接傳延，讓下一代領受山與海的成長記憶。

> 父子過去在相同地方的情境，很奇異的被複製在這個時候，我與兒子仰望樹梢，坐在鵝卵石上，說的故事也完全相似……而我，上一代與下一代的銜接者，在認知差異甚大的不同世代，環境信仰傳授給自己的親生骨肉，我一直以為是某種隱性的幸福正在流動。（《大海浮夢》，頁 448）

讓祖島生靈認識自己的獨生子，讓山林海濤聞得出他的體味，是夏曼‧藍波安為孩子營造的幸福成長符碼。但他同時也重省，四十年來自己在「大島與小島的來去飛航是後現代與後傳統的心魂戰爭」（《大海浮夢》，頁470）

> 此刻，我們這些戰後出生的，已經是五十來歲新生代，出海心情已經滲入了現代與傳統潮差的角力競賽，正在困惑著我們這個世代選擇的路徑，於是「符碼」也被逼走向多元的，加法、減法的解讀。（《大海浮夢》，頁404）

雖知自己這世代的達悟族人在這場傳統信仰密碼與追求現代性之間的掙扎，大多只能是失敗者，「符碼」多元組合的比重失衡，催化了「大傳統變為小傳統，小傳統化為微傳統的昨日記憶，成為我們晚輩們的傳說。」（《大海浮夢》，頁461）但對於自己至今持續的「大海浮夢」，經由飛魚、浪人鰺演繹的活化海洋，夏曼‧藍波安是豪邁愉悅的注視前方，也在心海深處望向來時路，

> 這個時候，夜間還在堅持使用拼板船獵捕飛魚的族人只剩六個人，我們坐在沙灘上的場面很冷清，然而古早獵魚的熱情與信仰書寫在我們愉悅的臉龐，看來出海場面雖然落寞，但環境生態信仰象徵民族科學的實踐者的豪邁，如是夜色降臨前忽明忽暗的波濤鱗片，注視著洋流浮動的路徑，心海裡也盤算著飛魚群逆流的來時路。（《大海浮夢》，頁460）

五 傳承

　　臺灣原住民書寫的文學生產，一直以來多是以身分認同、族群意識、殖民理論、文化翻譯、現代性論述來探討其意義與價值，而本文欲探討的是夏曼·藍波安在長期創作的系列文本中，透過層層積累敘述的生命書寫，其所探索進行的建構工程，是將邊緣的他者重塑為邊緣的主體，從作為「對象」的存在成為「主體」的言說，透過書寫部落族群生命敘述證明族群主體的存在，意欲創造一個族群文化再認識的機會。

　　在少數族裔、弱勢群體的文學中，生命書寫應該「不再只是個人自我意識的行為，而是隱含集體意志的政治或社會過程。」[12]因此，面對這樣的書寫應該超越對個體自我生命的關注，嘗試將之置入群體或集體的關係脈絡來審視和理解的。對此，黃心雅認為原住民的生命書寫是個人生命交織著族群歷史經驗，更精確來說應是「自我種族誌」（autoethnography），是種反身式地將自我寫入文化氛圍，既是個人經驗的陳述，也是文化歷史的記錄。這樣的種族誌不僅可以回應（殖民地）他者之再現，且可以構成「自我形塑」，形塑一個在詮釋分歧世界裡的部分文化真相，既是（被殖民）邊緣又是（書寫）中心的雙重位置。並且透過這樣的書寫過程，原住民族主體正持續不斷進行著對話形塑、認同建構、與凝聚族群意識，如此能將原住民族文化向主流社會滲透，重新獲得族群的詮釋權，是一個文化對話位置的生產。[13]

---

12 紀元文、李有成：〈緒論〉，《生命書寫》（臺北市：中央研究院歐美研究所，2011年），頁7。

13 請參見黃心雅：〈美國原住民的自我書寫與生命創化〉，頁137-138。與此近似的論點，請參見劉亮雅：〈田雅各短篇小說中的自我另類民族志表達與翻譯〉，收錄於

　　在這樣的自我種族誌書寫中所產生的自我形塑、回應他者與文化
對話，是個循環反覆的過程與效果，若帶入文學批評與文化研究的
「凝視」（gaze）概念來看，兩者間有相當契合的部分。因為「凝
視」的進行同時存在著自我（self）認同與他者（other）想像，經此
以探尋自我主體性的追求與建構，拉岡透過視覺理論觀念，將「凝
視」定義為自我與他者之間的某種鏡像關係，凝視並非字面上所呈現
的：被他人看到、或注視別人的意思，而是被他人的視野所影響。拉
岡認為，在想像的關係之下，自我如何被置放在他人的視覺領域
（field of the other）之中，以及自我如何看待自己的立身處境，是經
由他人如何看待自我的眼光折射而成，人總是意會到他人與自我存在
的關聯，透過這樣的帷幕（screen），來構成對自我的再現，也就是經
由這樣的再現方式，「凝視」的權力關係因此得以形成。[14]因此，可以
明白在「凝視」進行中所建構的自我再現與自我種族誌書寫的自我形
塑是相當一致的。對於原住民生命敘述的自我形塑不同於一般的自
傳，黃心雅也整理相關研究論點加以引述，認為原住民自我的意義是
落實在家庭、族系與部落情境當中，自我的意義乃由文化社群中產
生，自我是關係網絡再現的文本，自我也是參與社群的實踐，是一種
兼備多方關係中參與式、進行式的「對話自我」；如此再現的原住民
生命故事，無異是在家庭和社群、傳統和文化、區域歷史和地景中，
為剝離的身心找到安頓的處所。[15]

《遲來的後殖民：再論解嚴以來台灣小說》（臺北市：臺大出版中心，2014年），頁
100-101。文中表示原住民知識分子如孫大川、夏曼・藍波安、瓦歷斯・諾幹、利格
拉樂・阿𡠢的民族志研究和個人敘述可以被視為蒲蕊特（Mary Louise Pratt）所謂的
「自我另類民族志」（auto-ethnography），而根據蒲蕊特的解釋，自我另類民族志文
本就是那些他者所建構出來回應宗主國再現（metropolitan representations）或與之
對話的文本。

14　相關內容請參見廖炳惠：《關鍵詞200：文學與批評研究的通用辭彙編》，頁120。

15　請參見黃心雅：〈美國原住民的自我書寫與生命創化〉，頁148。

　　若以此來觀看夏曼・藍波安的長篇近作《大海浮夢》，他以第一人稱的身分述說起著自我生命經驗情感的流轉，並細密地包覆過去作品中以族人、部落、族群為主角的生命敘述，以更完整的呈現達悟族群的過往歷史與現今處境。夏曼・藍波安重構島嶼符碼的生命書寫所以能成形，至大的決定點是他的回歸島嶼，親體實踐族群文化，用以加深自己的部落經驗與族群意識，[16]才能有足夠的能量在回歸與遷移之間的游離凝視中，不斷重新聚焦、形塑自我、展現自我。同為原住民作家的董恕明，曾試圖表述原住民作家書寫時心靈轉進的變化層次，

　　　　原住民作家對一己民族歷史文化的反思，透過書寫成為一種浸
　　　　潤習染的力量，讓文化、傳統與歷史在不斷的對話、實踐與揚
　　　　棄中逐漸豐富個人的與民族主體的內在精神，而不再僅限於對
　　　　外在環境的批駁與責難。朝文化的深處走去，勇於捕捉主體心
　　　　靈世界的觸動，在時間的隙縫間用心補綴不為人知的歷史碎
　　　　片，原住民作家逐步將「我們是不是一家人」的憤慨，翻轉成
　　　　「我們一家都是人」的理解與尊重。[17]

---

16 請參見孫大川：〈原住民文化歷史與心靈世界的摹寫〉，《中外文學》第21卷第7期
　　（1992年12月），頁169。他認為在原住民文學的發展階段中，「所謂原住民文學，
　　當然不能光指出是由原住民自己用漢語寫作就算了事，它必須盡其所能描繪並呈現
　　原住民過去、現在與未來之族群經驗、心靈世界以及其共同的夢想。在這個意義之
　　下，作為一個嘗試以漢語創作之原住民作家來說，他比別人更有必要也有責任深化
　　自己的族群意識和部落經驗，這是無法省略也不能怠惰的工作。」同時，他也指出
　　加強族群回歸加深族群意識的方向，「我們認為原住民文學工作者應加強自己向族
　　群的回歸，透過祭典的參與、歷史傳統的追溯、部落勞動生活的體驗，以及族群神
　　話、傳說的采錄、翻譯和再創作不斷加深自己的族群意識。」請參見孫大川，〈原
　　住民文學的困境〉，頁103。從這點上來說，夏曼・藍波安在達悟族群意識的自我形
　　塑過程可說是相當紮實用力的。

17 董恕明：《山海之內天地之外──原住民漢語文學》（臺南市：臺灣文學館，2013
　　年），頁22。

夏曼‧藍波安在族群自我主體性的追求與建構中，不單是傳承者，更是啟蒙者，讓族群主體的存在是共時性的，這對族群自我與他者社群都是一種啟蒙，創造出讓族群文化被重新認識的機會。這個機會的創造過程中，自我的凝視、凝視的自我，部落族群的凝視、凝視的族群部落、其他族裔的凝視、凝視的其他族裔，不僅有屬於自我主體的形塑再現，更有他者的參與回饋，同存著自我與他者的凝視，多重凝視的相互交流影響，不斷更替著既定的已知，翻轉著自我與他者的認知，成為一個多向共成的文化對話位置。

六　對話

夏曼‧藍波安重構島嶼密碼的生命書寫，是將近三十年的紮實族群文化生命經驗，面對自我與族群認同的摸索探尋，思考自我與族群的關係，以真誠深厚的主體言說作為對話平臺，邀請自我，邀請同一族群的你我他，邀請不同族裔的你我他。這一切其實是一趟在他者凝視視線中尋找自我，在互為鏡像對照中確立自我的旅途。凝視是有意義的觀察，當夏曼‧藍波安驚然意識到臺北都市漢族與自己不同的一剎那，他才真正的開始注視著，開始從無意識的模仿學習轉向有意識的學習觀察，開始凝視著他的真實處境。這一覺察促使他走向回歸自我達悟傳統，並在族群部落的凝視視線下，逐漸恢復自我認同的信心，進以反身凝視自我族群文化，更企圖邊緣逆寫用以回應中心主流書寫。

但在原住民族文化走向漸趨暗淡之刻，夏曼‧藍波安的中文創作，會否僅是「夕陽無限好，只是近黃昏」之輓歌？在全球資本主義驅使下，人類面臨環境汙染蠶食生存土地的巨大危機，且世界急速走向極端民族主義發展，戰爭的威脅隨時爆破之際，臺灣也面臨往何處

去的抉擇？我們注視著、凝視著周圍，而此刻夏曼・藍波安的中文創作，蘊含著臺灣內部另一傳承的深刻描繪，原住民族的歷史重塑，族群與個人的生命書寫，正代表臺灣的複數多元和平共享未來之可能。這些努力是告訴我們，為何在「他者記憶／記憶他者」之間，在互為凝視鏡像網絡中，我們有凝視「他者記憶／記憶他者」之必要，因為這是一種互相深刻理解的捷徑，我們凝視著自我與他人，記錄著自我與他人，敘述文本（text）與脈絡（context），都是真真實實生命的展現，其實也是當前最真實的記憶寫照。因此，無疑的是夏曼・藍波安的中文創作所表達的主體與邊緣之複雜意涵，是能帶給當前臺灣深刻理解自己的另一門徑。

主要參引資料

夏曼‧藍波安，《八代灣的神話》（臺北市：晨星出版，1992年）

　　　　《冷海情深》（臺北市：聯合文學，1997年）

　　　　《黑色的翅膀》（臺北市：晨星出版，1999年）

　　　　《海浪的記憶》（臺北市：聯合文學，2002年）

　　　　《航海家的臉》（臺北市：INK印刻文學，2007年）

　　　　《老海人》（臺北市：INK印刻文學，2009年）

　　　　《天空的眼睛》（臺北市：聯經出版，2012年）

　　　　《大海浮夢》（臺北市：聯經出版，2014年）

　　　　《安洛米恩之死》（臺北市：INK印刻文學，2015年）

紀元文、李有成主編，《生命書寫》（臺北市：中央研究院歐美研究
　　　　所，2011年）

廖炳惠，《關鍵詞200：文學與批評研究的通用辭彙編》（臺北市：麥
　　　　田出版，1993年）

董恕明，《山海之內天地之外——原住民漢語文學》（臺南市：臺灣文
　　　　學館，2013年）

孫大川，〈原住民文化歷史與心靈的摹寫〉，《中外文學》第21卷第7期
　　　　（1992年12月），頁153-178

孫大川，〈原住民文學的困境——黃昏或黎明〉，《山海文化》雙月刊
　　　　創刊號（1993年11月），頁97-105

孫大川，〈台灣原住民文學創世紀〉，收錄於《台灣原住民族漢語文學
　　　　選集——評論卷上》（臺北市：INK印刻文學，2003年），頁
　　　　5-11

浦忠成，〈原住民文學發展的幾回轉折——由日據時期以迄現在的觀

察〉，收錄於《台灣原住民族漢語文學選集——評論卷上》
（臺北市：INK印刻文學，2003年），頁95-124

黃心雅，〈美國原住民的自我書寫與生命創化〉，收錄於《生命書寫》
（臺北市：中央研究院歐美研究所，2001年），頁137-173

董恕明，〈海是世界無止盡的追尋〉，收錄於《安洛米恩之死》（臺北
市：INK印刻文學，2015年），頁259-267

廖咸浩，〈「漢」夜未可懼，何不持炬遊？——原住民的新文化論
述〉，收錄於《「文化、認同、社會變遷：戰後五十年台灣文
學國際學術研討會」論文集》（臺北市：文建會，2000年），
頁339-361

劉亮雅，〈田雅各短篇小說中的自我另類民族志表達與翻譯〉，收錄於
《遲來的後殖民：再論解嚴以來台灣小說》（臺北市：臺大
出版中心，2014年），頁97-130

Dylan Evans, An Introductory Dictionary of Lacanian Psychoanalysis
(London: Routledge, 1996), pp. 133-135.

Lacan, J. *The Seminar, Book XI, The Four Fundamental Concepts of
Psychoanalysis, 1964*, ed. by Jacques-Alain Miller, transl. by
Alan Sheridan, W.W. Norton & Co., New York, 1977.

P. van Haute., "LACAN, JACQUES", *Encyclopedia of philosophy*, 2nd
edition, Detroit: Thomson Gale; New York: Macmillan
Reference USA, 2006, p. 168.

Žižek, Slavoj, "Jacques Lacan's Four Discourses", Lacan Dot Com,
2008.(檢索日期:2017.08.15. http://www.lacan.com/zizfour.htm).

Žižek, Slavoj; Salecl, Renata (eds.), Gaze and Voice as Love Objects
(Durham: Durham University Press, 1996).

記憶

記憶

　　伊苞《老鷹，再見》從記憶說起的敘事姿勢，望向的是再見部落排灣的文化記憶，連結族群的過去、現在與未來，透過往事追想的重現而獲得當下的現實意義，得以重新定義族群文化意義，重新回歸此凝聚性結構中，重新尋回自我身份的歸屬與認同。

　　在文本中所重構的記憶，是一種個人附著於排灣部落的文化記憶，呈現的是排灣部落的集體記憶，圍繞著部落地方、巫師話語與鷹羽靈力的過去，正是伊苞生命中最原始初生的情感重心與身份認同，重新回溯自我生命所在，從「遺忘」出發到「再見」回歸，真正明白到原初生命所在的沈靜力量。憑藉著這股力量也才有勇氣審視記憶中所曾受的創傷，將一直以來置身於邊緣的弱勢族裔，長期受到不同對象不同程度的殖民凝視，未曾稍歇的堆疊在部落歷史記憶與個人生命記憶之上。

　　記憶提供一種揭露與重建經驗和生命故事的方式，這些經驗與生命故事原本很可能在歷史檔案中消失殆盡，而記憶行為本身透過敘述可以返復地介入種種修補與矯正。這代表某些生命與故事尚未受得關注的個人與群體，提供另一形式的主張與行動的書寫舞台。是故以記憶書寫角度進行文本解讀，說明記憶書寫的行動能量，「我寫了它，它寫了我」，「現在的我」與「過去的我」之間反覆辯證，是一種自我辯證，不是妥協也不是消解，而是帶有集合能量的、構成力量的記憶敘述行動。

記憶：排灣尋境

> 我終於明白，我具足的能力，它在那裡，我從未失去它。只是
> 後來加注太多的想法和評斷。別人告訴你，你這個不好，那個
> 不好，隨著空間時間的移轉，自自然然流失掉自己最珍貴的部
> 分。此刻，我又重新回到那個「老我」本身。問起自己八歲時
> 候問的問題，為什麼出生在部落？為什麼我是排灣族人？
> 這是巫師說的嗎？貫穿全身的力量，自內底種子湧生出的力量。
>
> ——伊苞[1]

一 記憶

　　排灣族女作家達德拉凡・伊苞的《老鷹，再見：一位排灣女子的
藏西之旅》，是臺灣當代原住民女作家漢語書寫中經常被論述的作品
之一，一方面故緣於在逐漸形成的當代原住民書寫版圖中女性作家作
品仍屬邊緣中的少數，[2]總體而論這部分創作數量並不多，雖是如
此，更重要的原因應是此文本在敘事形式上的拓展新意，以近年流行

1　伊苞：《老鷹，再見》（臺北市：大塊文化，2004年），頁190。
2　此部分的整理，請參見董恕明：〈在混沌與清明之間的追尋——以達德拉凡・伊苞
　　《老鷹，再見》為例〉，《文學新鑰》8期（2008年12日），頁131。在該文「台灣當
　　代原住民女性書寫掠影」的整理中，指出九位原住民女性作家，除利格拉樂・阿
　　烏、里慕伊・阿紀外，多是出版一本著作後，便少有個人作品集再問世，在本文中
　　所討論的伊苞《老鷹，再見》，亦是一例。

風潮的旅行書寫交融原住民族群書寫，這樣的文類跨越交融現象，在當代原住民文學中實屬新穎別緻。

《老鷹，再見》的副標為「一位排灣女子的藏西之旅」，在這副標的標注說明下，可略分為「排灣女子」、「藏西之旅」，甚或更細分為「排灣」、「女子」、「藏西」、「之旅」，這些語詞連結文本後的豐富意涵正是各研究者所關注討論的，有著重於探討因旅行所生「差異」的書寫策略，於時間空間、過去現在、部落藏西的交錯敘述下進行辯證，用以召喚記憶進而追尋主體身分，了解自我身分認同是如何透過旅行產生質變；也有認為伊苞筆下雖流盪著民族古典身影，但其意最終不在民族而是個人，書寫中傳達出充滿現代感的女性個人主體意識的身段，在一定程度上已跨越她實存的民族身分而進到對普遍一般生命終極意義的追尋；前述兩者研究較以非典型的原住民文學書寫角度觀察，[3]當然也有著眼於典型族群書寫的「排灣」論者，有以文本中的空間隱喻與靈性傳統為解讀進路，重新召喚排灣部落記憶；或關注於因藏族神山的莊嚴肅穆與朝聖者以生命奔向幸福空間之喻，形成一種移動的「象徵空間」的想像認同，始得經此召喚心靈深處的遙遠故鄉部落；亦有採文本細讀策略探析敘事結構、記憶書寫、死亡意象等表現，而讓「在路上」的藏西之旅充滿著離／返辯證，最終得以更理

3　請參見林瑜馨：《原住民族文學的非典型現象——以達德拉凡·伊苞、董恕明以及阿綺骨為例》（臺北市：秀威資訊，2015年），頁15-18。她認為臺灣原住民文學於八〇年代建立起一種控訴意味濃厚、抵抗聲音強大的印象，而九〇年代則發展為回歸部落書寫部落，建構出一種具有「原住民符號」的作品，此發展歷程可視為「典型」的原住民文學書寫；相較於此，「文本的書寫空間，不以部落為主要的敘事空間」、「文本的主題思想，從我族我群的意義，以個人與現代的生命經驗為主」、「是關於個人位置的追尋，透過書寫的方式不斷重新落在都市生活的原住民，試圖透過從創作於這些可能的衝突中重新取得平衡」，不同於過往的原住民文學的印象，則視為「非典型」書寫。

解故鄉歸返排灣。[4]這些研究論述各自從不同的論題重心深入文本的認識與理解，亦各自有其詮釋與見解，當然相當程度地輔助文本閱讀的進行。不過，本文希望能在既有的研究論述上，嘗試從主標題：「老鷹，再見」另尋觀看的新徑，從文本敘述中明顯可見的是伊苞透過記憶進行「再見」，回顧生命經驗重新定義排灣，故本文將以記憶書寫的角度重新理解文本意涵，探討如何能「再見」？且此「再見」的內涵與意義為何？為此我們先要記住她離開故鄉，「忘了跟故鄉說再見」的情景，本書書名若與此對看，即能發現作者的用意在旅程中如何展開，將來又如何收尾。

> 庭院的檳榔樹和綻放的雛菊，耕地小屋，芒果樹、小米田和芋頭、南瓜、樹豆，溪裡的螃蟹、小魚、山林的松鼠、蝸牛。甚至是父親所教導的關於山林的知識，父母的語言，巫師的吟誦、咒語，這一切都已經離我很遙遠很遙遠。
>
> 車子進入市區，聞到公車排放的廢氣，我才記起來，忘了跟故鄉說再見。(《老鷹，再見》，頁12)[5]

4　此處論及的伊苞：《老鷹，再見》相關研究，請參看紀心怡，〈出走是為了返家：論《老鷹，再見》中旅行書寫的意涵〉，《文學台灣》63期（2007年7月），頁244-269；董恕明，〈在混沌與清明之間的追尋——以達德拉凡·伊苞《老鷹，再見》為例〉，《文學新鑰》8期（2008年12月），頁129-161；徐國明，〈一種餵養記憶的方式——析論達德拉凡·伊苞書寫中的空間隱喻與靈性傳統〉，《台灣文學研究學報》4期（2007年4月），頁167-188；劉秀美，〈幸福空間：從《老鷹，再見》看移動的聖山象徵〉，《台灣文學研究學報》22期（2016年4月），頁257-275；楊翠，〈兩種回家的方法——論伊苞《老鷹，再見》與唯色《絳紅色的地圖》中的離／返敘事〉，《民族學界》35期（2015年4月），頁35-95。

5　伊苞：《老鷹，再見》（臺北市：大塊文化，2004年），頁12。後續引文出自此書者，直接於內文中標記書名及頁碼。

　　記憶就深層意義而言，當然不單只是個人回憶過往經歷，因為這些記憶是和很多外部條件相關聯，存在於社會時空和文化因素的框架之內，「有些記憶超越個人與社會，可以被視為某種文化現象」、「文化記憶應該是鮮活而生生不息的，並非過去的記錄、檔案或遺跡而已；文化記憶不僅將不同世代的人聯繫在一起，其實也連結了一個種族、族群、社群或國族的過去、現在及未來」[6]，因此，這樣的文化記憶是屬於集體的，對集體而言文化記憶具有凝聚性的結構與力量，德國揚・阿斯曼（Jan Assmann）認為每個文化體系中都存在著一種「凝聚性結構」，它包括兩個層面：在時間層面上，它把過去和現在連接在一起，其方式便是把過去的重要事件和對他們的回憶以某一形式固定和保存下來並不斷使其重現以獲得現實意義；在社會層面上，這種凝聚性結構包含了共同的價值體系和行為準則，而這些對所有成員都具有約束力的東西又是從對共同的過去的記憶和回憶中剝離出來的。這種凝聚性結構是一個文化體系中最基本的結構之一，其意義在於使所有成員對此文化體系產生歸屬感和認同感，從而定義自己和這個集體。這種凝聚性結構的產生和維護，便是「文化記憶」的職責所在。[7]若從這些論點來看，伊苞敘述的排灣部落文化記憶，連結的是族群的過去、現在與未來，透過往事追想的重現而獲得當下的現實意義，得以重新定義族群文化，重新回歸此凝聚性結構中。

　　伊苞在文本中從記憶說起的敘事姿勢，望向的是再見部落排灣的文化記憶，在此凝聚性結構中重新尋回自我的歸屬與認同，並為部落族裔指出一條「回家的路」。她或許「忘了跟故鄉說再見」，但這正能

6　李有成：《離散》（臺北市：允晨文化，2013年），頁128。

7　關於「文化記憶」語詞的精簡說解，請參看汪安民主編：《文化研究關鍵詞》（南京市：江蘇人民出版社，2007年），頁352。

反映出她將會自我歸屬排灣文化記憶在同行，也是將會回來之隱藏式敘述和期許。

二　重構

伊苞《老鷹，再見》，從文本形式、敘事結構與書寫內容來看，文本採取虛實兩條文化時空交錯敘事的方式進行，一是當下西藏轉山旅途的實境記錄，一是過去排灣部落記憶的跳躍捕捉，前者的現在式看似實而為虛，後者的過去式雖似虛而為實，意欲產生一種走進西藏歸返排灣的連結效果。文本在旅途的開端即作了虛實疊合的鋪陳安排，

> 清晨五點鐘，我站在尼泊爾飯店的落地窗前，望著灰暗中尼泊爾疏落有致的屋宇。
>
> 季節雨紛然飄落，隔著玻璃，我聽不見雨聲，萬籟寂靜，是什麼觸動了生命深處已然崩塌、被掩埋的原始。透過無聲雨，彷如一片片石板，層層堆疊的記憶，重回歷史現場。父母的吟唱、巫師的禱詞，伴隨著山上的景物、踩在土地上的雙腳、割傷的小腿，從遙遠的故鄉呼喚著異國遊子的靈魂。（《老鷹，再見》，頁 12）

文本如此的啟端，回溯的記憶便已緊密地貼合在旅途風景裡，就在尼泊爾的山路上，「偶爾我閉起雙眼，巴士冒著黑煙吃力地在蜿蜒山路緩緩前行。好幾次當我睜開眼的時候，我總以為自己在回家的路上。」（《老鷹，再見》，頁 13）「蜿蜒的山路，每過一個轉彎，我的記憶就都鮮明了起來。」（《老鷹，再見》，頁 16）伊苞透過旅行書寫記憶，將自我精神的意識流動附著於在疆界上的身體移動，這樣的附

著生產過程該如何解釋？其實，在旅行異地時的情感結構會引發相當自然的兩種反應「共鳴」（resonance）與「懷舊」（nostalgia），在他地找到本身熟悉或在無意識中「彷彿早已見過」的「詭異情境」，與將他地認為是記憶中的故鄉。同時，在旅途過程中也常出現自我與他人再現的心理機制，因為在另一個時空的迴映鏡景中自我會有一種重新呈現，我們會在旅遊過程中思索自己的認同位置，當心理機制將外在景觀與內在情緒變化，以書寫的方式呈現內心中的人我差異，這就是書寫與差異（writing and difference），這在心理機制上會留下重要印記，而進入認同與歸屬的機制。而旅途上這樣的情感結構與心理機制都是透過記憶與自我認同的重新調整所產生。[8]也因此，反過來說，在旅途上會成為拾起「過去」記憶的最佳入徑，紀心怡認為這是一種空間互典的過程，既是表現「在場」的旅遊見聞，亦是展演「不在場」的記憶流動。[9]伊苞行走在這藏西轉山的旅途上，時刻面對的是內心角落「隱藏的秘密」，

多少年過去，我以奇特的因緣來到藏西這片貧瘠的土地上。

8　請參見廖炳惠：〈旅行、記憶與認同〉，收錄於《臺灣與世界文學的匯流》（臺北市：聯合文學，2006年），頁185-187。另外，紀心怡立於此觀點進一步引申，「旅者面對異地或異國文化時會啟動、產生一連串的心理機制的反應，這種心理機制主要有『再現』、『批判』、『調整』、『認同』、『差異』等五元素。這五種反應會隨時地在自我與他者間相互磨合、吸收或自我改造，使得旅行者進一步戀舊於自我的文化，達到回歸、建構自我的結果。」請參見紀心怡：〈出走是為了返家：論《老鷹，再見》中旅行書寫的意涵〉，頁246。

9　請參見紀心怡：〈出走是為了返家：論《老鷹，再見》中旅行書寫的意涵〉，頁254-256。她認為就《老鷹，再見》的文本敘述來說，採用了旅行文學中「在場」與「不在場」的書寫策略，可以發現西藏成為一種「他處」的媒介作用，透過時間空間線索的相互交織滲透，相似的人物、氣味、氛圍連結臺灣部落記憶，促使部落空間的成立，並使書寫者進而重塑自我想像與其主體性。

　　眼前彷彿是一面大鏡子，它們逼我面對自己隱藏在心中的秘
　　密。這不是我閉上眼睛就可以跟過去劃清界線的。（《老鷹，再
　　見》，頁 144）
　　我彷彿聽見巫師的吟唱，從銀灰色的天空傳來的。有些事情，
　　內心所產生的疑惑，不去弄明白它，就像蒙塵的鏡子，越是逃
　　避，不擦拭鏡面，越是看不清真實的面貌。（《老鷹，再見》，
　　頁 178）

　　在旅途異地時空的鏡映下望見自己的過去，而進入現在當下與過
去記憶多重多向辯證的狀態，關於由記憶構成的過去，班傑明
（Walter Benjamin）在〈論歷史的觀念〉（On the Concept of History）
中有幾處論及「過去」的觀點，他將過去比喻為一個辯證圖像
（dialectical image），認為這個圖像「在被人辨認的瞬間才會閃現」。
可以確定的是，就在這被人辨認的瞬間，我們也瞥見了當下時刻，並
透過這個當下觀點捕捉過去。班傑明還進一步解釋過去的本質：「以
歷史的方式描繪過去並不意味著『按過去本來的樣子』去認識過去，
而是意味著挪用記憶，意味著當記憶在危險關頭閃現時將過去掌
握」，這裡所說的「挪用」是個關鍵詞，暗示在某種程度上屬於主動
而有意識的選擇。同時班傑明也對歷史唯物主義「提供對過去的獨特
體驗」持肯定的態度。此獨特體驗連結了過去與現在。李有成認為班
傑明這些對過去的看法，一言以蔽之，即是過去可以被召喚、被選
擇，以為現在服務。[10]這已相當清楚地說明記憶可以被有意識的選擇

10　請參見李有成：《記憶》，頁27。針對此點，徐國明也提出班雅明（Walter Benjamin）
　　認為迸出式記憶世界是由感官刺激（聲音、影像或味道）而生，這種回憶的方式注
　　重瞬間和直覺的經驗，而突然湧現的圖像（images）具有震撼感，以及帶有「似曾
　　相識」的特質，班雅明特別強調這種自動湧現的記憶存有最真實而深刻的自我印

下用以召喚過去，而進入一種重構記憶的歷程。

再者，伊苞在文本中所連結的過去記憶，是一種個人附著於排灣部落的文化記憶，有著高度部落精神的記憶選擇，所呈現的是排灣部落的集體記憶而非單純的個人記憶，法國社會心理學家莫里斯・哈布瓦赫（Maurice Halbwachs）認為個體只有在他所屬的集體中通過與其他成員的交往，才有可能獲得屬於自己的記憶並進行回憶，他也進一步提出「集體記憶的可重構性」，認為集體並不是「客觀」地回憶過去，而是根據各個階段不同的社會框架來對過去進行重構，以重新闡釋過去的方式來達到鞏固自己主體同一性的目的。[11]因此，記憶重構歷程成為尋找自我認同的途徑，伊苞在記憶翻飛的藏西轉山之旅上，回望過去重構記憶，而生發出「我總以為在回家的路上」的感動。雖然這條「回家」的路艱辛轉折而遙遠，

> 晚上九點半，天際是一片深藍的顏色。無盡的深藍，讓人好想回家。無垠的天際，遼闊的大地，如此被深藍的色彩渲染。迷路的孩子，想要回家。真的好想回家。
>
> 車隊仍然在風沙中行駛，我望向窗外，一切都變得好遙遠、好遙遠。（《老鷹，再見》，頁 68）

記。他認為這不僅是將自身過往所發生的事件重新湧現於現實，當過去的某些深刻經驗以迸出式記憶再度出現，對於伊苞造成震驚或刺激的同時，往日圖像便成為現實中一個嶄新、卻又似曾相識的經驗，提供自我重新認知同一事件的機會。因此，對於伊苞而言，記憶是一種反省（reflection）的過程。請參見徐國明，〈一種餵養記憶的方式——析論達德拉凡・伊苞書寫中的空間隱喻與靈性傳統〉，頁170-171。

11 〔法〕莫里斯・哈布瓦赫（Maurice Halbwachs）認為記憶並不是單純生理意義上的概念，在大程度上受到社會因素的制約，由此他將集體記憶引入到社會心理學領域中。關於此部分的精簡說解，請參見自汪民安主編：《文化研究關鍵詞》，頁351。

　　就如父母的語言、巫師的禱詞、山上的景物，從遙遠的故鄉呼喚著遊子的靈魂，伊苞的西藏旅途愈是離開，反而更為靠近自我回鄉之路，遙遠卻是更為靠近，似是不能解開之路程就此成行。

三　再見

　　《老鷹，再見》伊苞在文本中所重構的記憶，是一種個人附著於排灣部落的文化記憶，呈現的是排灣部落的集體記憶而非單純的個人記憶，隨著外在旅途自然景觀與風土人文的遞變，跳躍著閃動無序的記憶，從中流洩出內在生命經驗中已然暫被遺忘的片段過去，而這些圍繞著部落地方、巫師話語與鷹羽靈力的過去，正是伊苞生命中最原始初生的情感重心與自我認知，重新回溯自我生命所在，從「遺忘」出發到「再見」回歸，明白到原初生命所在的沈靜力量，體悟到「他的沈靜胸懷卻包容一切。你看見你裡面的混亂，以及所有的痛苦遭遇，同時正經歷著，有一股強大的力量包圍住你，不是陌生的恐懼，而是相同的力量籠罩在空氣裡。」（《老鷹，再見》，頁152）

> 這是我本來的頻率，我想起來，我生命的頻率，是歸於平穩和寧靜中，這麼多年，我只是想安靜，我只是在尋求一個方式讓生命寧靜，就像小時候，我獨自在大樹下把玩著一隻枯枝和幾片落葉，父母離我一段距離，我聽得見鋤頭落在土地上的聲音，父母聽得見我融入大自然的歌聲。陽光很溫暖，小鳥輕唱，小溪潺潺……只是我遺忘了。（《老鷹，再見》，頁152）

　　青山部落是伊苞本來生命頻率的「地方」，回到此地她才能擁有置身其中的歸屬感，那是來自於對部落的地理與歷史的認同。此處的

「地方」不同於「空間」，空間只是個抽象的地理概念，而地方則是個被賦予意義的空間，李有成認為地方在我們「身分認同的象徵與心理層面扮演了一個潛在的重要角色」（Carter, Donald and Squires）。地方不僅明示有形的的地理疆界，同時也暗示層層網狀的社會關係。[12]徐國明也認為部落作為原住民族的日常生活與實踐的空間場域，應是充滿著空間隱喻的作用，在部落地方中，「被塑造的地景，以及塑造著當地人民生活的地景，成為文化的記憶庫」。[13]因此，在部落中被賦名的地景有著凝聚族群文化記憶的隱喻作用，在族群身分認同具有重要的象徵意義。

> 我的家鄉有一座山叫大武山，我們稱大武山叫 Kavulungan……大拇指的排灣話也叫 Kavulungan。意思是山中之山，眾山之母。同時大武山也是創造神的所在地。（《老鷹，再見》，頁127）
>
> 居住在大武山的創造神，坐在綠葉翁鬱的榕樹下看著山下的人民，他身後寧靜的湖泊，魚群自湖中跳躍……（《老鷹，再見》，頁78）
>
> 大武山的神靈，居住在聚落扎拉阿地阿的祖靈，來自遠古的家

---

12 請參見李有成：《記憶》，頁117。另外，〔法〕列裴伏爾（Henri Lefebvre）將空間區分為抽象的空間（絕對空間），以及生活存有意義的空間（社會空間）；克里斯威爾（Tim Cresswell）則進一步認為社會空間的概念接近於「地方」，是使世界變得有意義，以及經驗世界的方式，請參見〔英〕克里斯威爾（Tim Cresswell）著，王志弘、徐苔玲譯：《地方：記憶、想像與認同》（臺北市：群學出版，2006年），頁22-23。

13 空間隱喻是指藉由空間的物理性質（physical space）回歸到空間在人的心理上產生出一種記憶、情感與經驗的心理現象，於是形成隱喻關係。而這種隱喻關係可以拓展人們理解空間現象的廣度與深度，並且具有社會文化的意義。請參見徐國明：〈一種餵養記憶的方式──析論達德拉凡・伊苞書寫中的空間隱喻與靈性傳統〉，頁170-171。

族長老、智者……（《老鷹，再見》，頁74）

伊苞在西藏神山莊嚴聖性象徵的連結下，召喚相應而出的是部落神山大武山，是山中之山眾山之母，排灣族崇信那裡是創造神的居所，那裡是祖靈所在的地方，匯聚著排灣族的生命創化、神話傳說、信仰文化與社會制度，對族人而言那曾經是被歌頌的幸福空間，充滿族群認同情感的凝聚之所。[14]

除了遙祭那曾經的幸福空間，在伊苞轉山旅途上，每每昏惑質問之際，相隨而出的就是巫師話語。從哈布瓦赫「可重構性的集體記憶」[15]與揚·阿斯曼「能產生凝聚性結構的文化記憶」[16]的理論闡釋中，可以發現相應在排灣部落的集體認同與文化記憶的掌握與傳受上，巫師是一個享有權力，同時背負著責任與義務的重要象徵。徐國明也認為伊苞與巫師的對話，不僅聯繫了伊苞與部落，更承接著身體

---

14 幸福空間是指具有正面庇護價值，對傳統社會的人們散發著吸引力，大多聚合了神話思維下的多重複雜想像，附著集體認同的文化意識。請參見劉秀美：〈幸福空間：從《老鷹，再見》看移動的聖山象徵〉，頁268；同時該文認為西藏與青山部落兩個距離遙遠的空間，對伊苞而言，是一個滿佈異文化色彩的「陌生空間」，加上一個已然「陌生化」的空間。兩者卻在記憶與現實的轉換中疊合為一，且不時召喚了潛藏於心靈深處的排灣記憶。伊苞從無畏就死的朝聖藏人身上，領悟了一種追求幸福空間的執著，因而「陌生的空間」產生了回應「地方情感」的能量。請參見前文，頁257-258。

15 在哈布瓦赫「可重構性的集體記憶」中，認為某一思想若要進入到集體記憶中，就必須要附著在具體的事件或者個體上；而某一事件或者某個人若要在集體記憶中占有一席之地，就必須使自己和得到集體認同的思想或者意義聯繫在一起。請參見汪安民主編，《文化研究關鍵詞》，頁351。

16 在揚·阿斯曼闡釋「能產生凝聚性結構的文化記憶」中，指出集體中的某些成員在對文化記憶的掌握和闡釋上享有特權。由於文化記憶對集體的主體同一性起著異乎尋常的重要作用，所以它的儲存和傳播都會受到嚴格控制，對這一控制權的掌握，一方面意味著責任與義務，另一方面也意味著權力。關於這部分的精簡說解，請參見汪安民主編：《文化研究關鍵詞》，頁353。

與土地、族人與自然地域的部落歷史觀，如同美國原住民作家席爾珂
（Leslie Marmon Silko）在《說故事的人》中所述說的語句：「口述語
詞／一部完整的歷史／一個世界完整的靈視／仰賴於記憶／且延續代
代不斷的述說」（by the word of month／an entire history／an entire
vision of the world／which depended upon memory／and retelling by
subsequent generations）。[17]當伊苞蹲在薩嘎四五○○公尺的高原以最
原始的姿勢與星星相望時，想起的是巫師曾說過的排灣愛情故事，

> 這個已經快被我遺忘的故事，讓我想起那位充滿智慧，帶我
> 認識排灣族的生命、死亡和宇宙觀的巫師，以及那段說故事的
> 日子。
> 我時常在台北的夜晚停下車來看星星，也曾經在巴黎、西班
> 牙、挪威、威尼斯、瑞士等地仰望星星。然而，眼睛看見的，
> 只是點點星辰。（《老鷹，再見》，頁 58）

　　無論是自己的出生祈福、成長啟蒙、離家求學到工作離返於城市
部落間的困頓迷思，或是為族人解夢安慰亡靈與生靈，或是為族人主
持葬禮儀式傳遞著生死信仰，都是那位在部落地位崇高，深受人們愛
戴與信任，手指手背上紋有人形圖紋的巫師，透過神話傳說、祭儀習
俗、生活日常，將排灣部落的文化記憶，遵循著特定的形式一遍一遍
重複演示，無形中能讓族人達到主體同一性的效果。[18]當面對外地傳

17　請參見徐國明：〈一種餵養記憶的方式——析論達德拉凡·伊苞書寫中的空間隱喻與
　　靈性傳統〉，頁174。其中譯文轉引自黃心雅：〈創傷、記憶與美洲歷史之再現：閱讀
　　席爾珂《沙丘花園》與荷岡《靈力》〉，《中外文學》33卷8期（2005年1月），頁81。
18　在揚·阿斯曼闡釋「能產生凝聚性結構的文化記憶」中，認為對這些文化記憶內容
　　進行回憶的目的並不是要將其客觀地重現，要論證集體的現狀是合理而必然的，從
　　而達到鞏固集體的主體同一性的目的。節日與日期一般是固定的、年復一年循環出

教者的質疑，巫師這樣回答：

> 朋友，我就是神。從我的祖先以來，百步蛇就是我們的同伴，我們的朋友，我們既不傷害也不獵殺。不要忘記人類跟自然是合一的，禁忌是教導人們懂得向大自然學習和謙卑，不是接受另一個信仰，然後丟掉自以為在生活中綁縛你的禁忌。等我走了，誰來引領人們回家，與祖靈相見。(《老鷹，再見》，頁 79)

雖是神靈中意喜歡卻終究選擇可溫飽出路的族人巴扎克：「我們的巫師若是死了，我們真正的傳統就消失。」(《老鷹，再見》，頁 143) 而伊苞也終究未能回應那巫師曾問過的「要不要學習當巫師？」(《老鷹，再見》，頁 71、81) 但是「冬天一來，老人家就像落葉一樣悄悄凋零，先是巫師、再是奶奶，我來不及將右手貼在胸口，左手握著她們的右手，以求她們的祝福與諒解。來不及，來不及，我那裡知道，在未來，有這麼多的來不及。巫師不會再要我當巫師了。」(《老鷹，再見》，頁 148) 縱使如此，伊苞卻在文本卷末一幅自己與巫師合影照旁加註著，

> 巫師與我，註定要見面的。我跟巫師說：「無論跑多遠，我的左腳右腳，終是要轉彎回來看見你。」(《老鷹，再見》，頁 206)

現的，這種規律性和重複性是文化記憶得以傳承的形式上的保障，同時節日也提供了讓所有集體成員聚集到一起並親身參與到儀式的演示中的契機。儀式的演示使得集體成員有機會獲得或者溫習集體的文化記憶，並以此來確立或者鞏固自己作為集體成員的地位，而對集體來說，它也正是通過儀式的演示來使自己的文化記憶不斷重現並獲得現實意義，同時也將文化記憶植入到每個成員身上，從而保有自己的主體同一性。關於這部分的精簡說解，請參見汪安民主編：《文化研究關鍵詞》，頁352-353。

在《老鷹，再見》中，「再見老鷹」當然是極具象徵意義的，伊苞從鷹羽靈力、鷹羽尊榮與老鷹意象述說著那些屬於排灣部落的記憶。從自己出生就接受了巫師的祈禱與祝福，「衣衫裡縫掛著來自天上神靈庇佑的鷹羽，如鷹般迅捷、敏銳，好讓我的靈力增強，不受惡靈侵擾。」（《老鷹，再見》，頁 7）到年幼稍能懂事後，身為守護部落的勇士與獵人的父親也曾為自己說明過，

> 鷹羽製成頭飾是一種彰顯老鷹的靈魂和勇猛的行為，配戴的人必須是上等的人，是值得族人尊敬的人。我把這個榮耀獻給照顧族人的頭目。你長大了也會因為我的身分和事蹟而在頭飾上配戴鷹羽，受人尊敬。（《老鷹，再見》，頁 11）

鷹羽所象徵的祝福與榮耀，述說著伊苞對部落文化的認同與記憶，同時更進一步延展出對自我的期許，帶著部落的尊榮像蒼鷹般傲飛於天之際。伊苞在離家多年後的豐年祭回部落，當長者牽著她的手說：「妳的路，看起來，是越走離我們越遠了。」（《老鷹，再見》，頁23）雖未能正面回答，但仰望天空展翅遨翔的蒼鷹，她對一位情感深重的童年玩伴說：

> 我是那隻老鷹，喜歡和風和雲對話。故鄉變了容貌，我仍然是愛著這個變了樣的婦人。我領受了土地的祝福和巫師的眷顧，我要開墾我的生命，放自己流浪。（《老鷹，再見》，頁 26）

流浪，流浪到異地，就應該要有老鷹的翅膀，生命才有力量。這是伊苞離開部落多年，一直置放在心中的秘密。

四 迷途

在藏西轉山的旅程上，高山沿途時刻面臨的是不期然的與死亡威脅相對而視，「半夜，突然胸口發悶，吸不到空氣。我睜開雙眼，四周一片漆黑。我以為自己置身在密閉的黑箱子裡，就要窒息而死。……闇宥靜寂的屋室，記憶之流，令我毫無招架之力，排水倒灌，淹沒我。……我記起家鄉，在迎亡靈的儀式中祭師撫慰生者的吟唱。我輕輕開啟我的口，以吟唱的方式來安慰我的靈魂以及我遠方的朋友和家人。」(《老鷹，再見》，頁 64-65) 這種真實生死之際的恐懼經驗，也悠悠帶出記憶中部落的死亡敘事，讓整部文本始終瀰漫著多種死亡意象的指涉。

> 死亡可有顏色？當我還是小女孩的時候，我就擁有了母親親手為我刺繡的傳統服，兩隻蝴蝶，紀錄著我輕盈、健康的小腿。隨著一個人的生長、成年，生平事蹟、甚至是家族威望，全織繡在傳統服和頭冠上。當生命的呼吸不再時，家人會為你穿上，穿上這身美麗的圖紋與太陽日日隨行。
>
> 死亡的顏色，是美麗的色彩。當我撫摸巫師的手背、手指上的人形文身時，她說：「這不單是一種階級的象徵，它也是一個記號。有一天當我要離開人世的時候，手背上的人形文會浮現出鮮明美麗的色澤。這是我回家的記號，我會準備好離開這個世界，回到大武山與祖靈相見。」
>
> 死亡的顏色是一種力量嗎？一群部落老人堅持某種生活方式而凝聚的力量，受到現代社會的衝擊，仍然堅持著祖先留傳下來的，善的能量。(《老鷹，再見》，頁 130-131)

　　在原本純淨部落地方中，死亡是美是善，是無畏無懼的，是生命
延續的自然力量；但「離開」部落的死亡變奏則是令人不安的，伊苞
敘述到自己第一次離家到外求學的那個早晨的記憶，當時我並不明白
死亡意味著什麼，但我的離開對於部落老人家而言，就是一種「死
亡」，老人家說：「你今天離開，我不知道明天或後天會不會再遇到
你？」（《老鷹，再見》，頁 17）離別是死亡的其中一個面孔，文本中
所敘及的離別、離開、迷路、迷濛與悲傷都成為「死亡」的指涉，暗
喻著因族人的遷移散離導致部落文化的存續難繼，[19]就像父親生前常
說的一句話，「有一天我走了，你拿什麼做依靠。」（《老鷹，再見》，
頁 7）也像巫師說的，「我們老人家知道自己的方向，我們死後一定
會回大武山祖靈所在地。但是你們呢？你們會迷路。」（《老鷹，再
見》，頁 18）置於眼前是個無能為力、無力掌握的未來，從族裔耆老
們的隱喻預言，到年輕世代的無言無力，面對這一切的變化，伊苞選
擇悲傷逃離，「我迷迷濛濛的雙眼，在彼此侵擾的歲月裡翻轉，瘋狂
捲入在這麼多的悲傷裡，不停地翻轉。悲傷的酒、悲傷的歌、悲傷的
道路、悲傷的家園、悲傷的生命。」（《老鷹，再見》，頁181）

　　但在這藏西轉山之旅中，伊苞進入記憶之流，重新回溯自我生命
所在的地方，再見自我生命中最原始初生的情感重心與身分認同，憑
藉這股原初生命所在的沈靜力量，得以重新審視記憶中所曾經承受的
創傷。「死亡，死亡如影隨行，只好遺忘。遺忘那沒有了儀式，沒有
了神話的部落，遺忘昨天的前天的。遺忘從前過去，以為這樣，眼前
就沒有死亡。你哼唱著自己的歌來，愉悅的思念的句句是死亡的哀思

---

19 請參見紀心怡：〈出走是為了返家：論《老鷹，再見》中旅行書寫的意涵〉，頁253。
　　她認為相較於生命的終結，族人的集體出走才是真正的死亡，出走使靈魂得不到安
　　置與牽引，遊走的靈破壞了排灣族的集體記憶與認同線索，進而隱喻整個族群文化
　　的死亡。因而「族人出走」既是一種自我身分的遺棄與斷裂，亦是一種文化的死亡。

啊！死亡的哀思是延續族人的命脈是潛藏生命裡巨大無比的力量。」（《老鷹，再見》，頁 192）如同巴巴（Homi Bhabha）所述：「記憶從來是一個沈默的內省和回顧。記憶是重組的力量（a power re-membering）重新拼裝支離破碎的過去，將過去與現在接攘，藉以詮釋現時的創傷。」[20]

> 透過遷移，新的事物不斷在妳眼前湧現──那個時候，只有心靈覺明的人才知道風所帶來的訊息。（《老鷹，再見》，頁 17）臺灣六○年代的部落是充滿快樂的山林生活，人與大自然共為一體。隨著莫名的巨大力量湧入，部落不自主地受著影響，生命中原本最初的東西也漸漸褪色消散。（《老鷹，再見》，頁 16）七○年代部落的生活充滿變化與哀傷。有時候覺得部落的命運必然衰亡，造物主決定如此，生命如此，萬物亦復如此。（《老鷹，再見》，頁 19）

雖然伊苞僅以抒情式的淡筆勾畫部落的無聲變化，從部落外在內在一點一滴的褪色消散，從族人日常生活中總充滿著變化與哀傷，從部落耆老的久遠故事說起，再寫到自己身居異地的親身經歷，每一幕的記憶都深深地打中心靈深處的悲痛，述說著部落族人一直以來所承受的創傷。從聽族人奶奶輕輕說起當「日本國旗掛在部落高空上時，她們如何被安排列隊歡迎，多少人被送去打仗，回來見家人的是指甲、頭髮。……」（《老鷹，再見》，頁 145）到自己與轉山同行的藏人拉醫師談起「死亡」，對排灣殯葬習俗陌生的他所做的介紹說明，

---

20 Homi Bhabha (1994), *The Location of Culture*。譯文轉引自黃心雅：〈創傷、記憶與美洲歷史之再現：閱讀席爾珂《沙丘花園》與荷岡《靈力》〉，《中外文學》33卷8期（2005年1月），頁79。

悠悠說的是部落傳統習俗文化信仰輕易地被他族抹滅，

> 日本人統治的時代，禁止許多傳統習俗，他們召集頭目，宣說
> 這種死人埋在家屋裡的處理方法，既不衛生又迷信。強迫人民
> 一律埋在指定的公墓。……
> 中國人來管理後，說要改變我們生活上的陋習，祖先留下來的
> 雕刻品變成落伍不潔的象徵，族人被鼓勵拆下屋內雕刻的橫樑
> 或祖靈像，拿到派出所燒毀。信仰基督教之後，有人覺得曲肢
> 葬太殘忍，「何不讓死去的親人好好的躺平呢？」所以，變成
> 現在的處理方式──躺在棺材裡。
> 說到這裡，我覺得，一輩子要說的話，好像已經講完了。(《老
> 鷹，再見》，頁128)

　　不過，問起支持西藏獨立的敏感問題，一句「中國太大，西藏獨
立史，在異族滾烈的慾火中被燙得血肉模糊；排灣族卻在日據時代就
被燒得焦黑難辨。」(《老鷹，再見》，頁 111) 伊苞卻從由先前舉重
若輕的節制筆觸難得在此下了重筆，[21]足見「焦黑難辨」是令人悲痛
不捨的部落創傷史具像寫照。相對於此，反身省視離開部落的自己，
自我親歷的創傷更是真確深切，日復日、年復年，對個人未來、對部
落傳承都無能為力，只好被迫成為逃亡者，「那是經年累月地混在酒
吧裡麻痺神經的狂亂歲月。我像個逃亡者，極度想擺脫和自己有關的
事實。這個人夜夜躲在昏暗、被香煙燻染的密閉酒吧裡，吸著骯髒的

---

21 請參見董恕明：〈在混沌與清明之間的追尋──以達德拉凡‧伊苞《老鷹，再見》
　　為例〉，頁147。他認為「在原住民作家的書寫中呈現民族傷痛的寫法有各種樣式，
　　伊苞是透過與他人的對話鋪陳事件，她自然也有個人情緒的起伏，但多表現的很節
　　制，更因為她在『民族大事』上不輕易下判斷，所以她若寫出了『重話』多半就是
　　『重傷』了。」

空氣，大口喝酒，喝到胃潰瘍，喝到神智不清，幾度與死神擦身而過。我獨特的音聲、獨特的身分，這麼多年，湮埋在酒精的世界裡。」（《老鷹，再見》，頁144）

> 經驗已經告訴我，我的膚色和身分是個沉重的負擔，我無法再帶著我的傳統，我的文化，站在人和人競爭的舞台上。相反地，我必須不斷削去我身上的氣息，我的原來色彩，以適應不同的觀念和價值，才不至傷痕累累。
>
> 早在幾年前，我已取下掛在身上的鷹羽，我不想成為異類。
>
> （《老鷹，再見》，頁147-148）

這是伊苞離開部落後的親歷遭遇，當身處部落之外，部落族群的傳統文化便不再是可依存的力量，一旦廁身進入現代化都市文明的生活秩序中，「選擇出走」的部落青年多是無法融入的，「傷痕累累」、「不想成為異類」，是極為典型的原住民知青落難都市的象徵。[22]當然，伊苞在此述說已不單是自我經驗的體悟，她想呈現的是原住民族的集體創傷記憶，將一直以來置身於邊緣的弱勢族裔，長期受到不同對象不同程度的殖民凝視，未曾稍歇的堆疊在部落歷史記憶與個人生命記憶之上。這樣的傷痛讓她也不禁自我質問，「如果大武山的祖靈還在，如果誦念死者亡魂引渡大武山、迎接祖靈回部落的巫師還在，如果沒有殖民，如果有堅持，我是不是也是大武山的朝聖者。」（《老鷹，再見》，頁159）

---

22 請參見瓦歷斯‧諾幹：〈讓故事繼續說下去〉，《明道文藝》346期（2005年1月），頁49。他提到：「關於伊苞的點點滴滴日後逐漸成為原住民知青落難都市的象徵性故事。譬如她黑色的身影總是與暗夜的都市相互依偎、譬如在快車道上走著山路崎嶇的不乏、譬如她的行蹤像一朵流浪的雲……」。

腦海突然閃現族人在墓園集體掃墓的情景。一個人需要多少時
間的洗禮和煎熬，方能真正了解一個「明白」。在這個高山
上，我應該坦承並接受，在內心深處無法癒合的傷痕。（《老
鷹，再見》，頁192）

能再見記憶中的創傷部分，需要莫大的力量才足以面對，又能明
白這一切該坦承並接受，又該有多大的智慧。伊苞在卷末處留下極富
深意的一句話，「對於部落族人，還有對巫師的思念，我拿起來，然
後，放下。」（《老鷹，再見》，頁206）

五　靈魂

如同我們所見旅行書寫的敘述往往不斷跳接於紀實與記憶之間，
「在這樣拉扯的過程中，從外在景觀的紀實走向心靈記憶的挖掘，旅
行書寫其實就是一部作者的自傳。」[23]若以此角度觀看，亦相當仰賴
記憶以作為通往過去的自傳書寫，呈現的是一種現在的我與過去的我
之間互動過程，賴克洛夫特（Charles Rycroft）認為在撰寫自傳時，
「自傳作者不僅是架攝影機而已，他必須（非如此不可）以其現在對
自己的觀感選擇他的記憶；而他的記憶也不僅是過去事件的錄影記錄
而已，而是許多逼使（有時候是拒絕或規避）他以想像回憶的經驗，
這些經驗本身還包含作者與其主體仍可喚回的舊日觀感。撰寫自傳的
過程……不是現在的『我』（present "I"）記錄過去的『我』（past
"me"）生命中諸多事件的過程，而是現在的『我』和過去的『我』之

---

23 郝譽翔，〈「旅行」？或是「文學」？——論當代旅行文學的書寫困境〉，《旅遊文學
論文集》（臺北：文津出版社，2000年），頁298。

間辯證的過程，雙方最後也因而有了改變，作者／主體同樣可以實實
在在地說，『我寫了它』，『它寫了我』。」[24]

「我寫了它，它寫了我」，極佳說明了記憶書寫的能量，現在的
我與過去的我之間反覆辯證，這樣的自我辯證不是妥協，也不是消
解，而是帶有能量的行動力，能產生新的意義，李有成認為記憶「在
文學與藝術中經常隱含政治意義，不應該僅僅被視為單純的生理、心
智或意識活動而已。記憶是具有導正視聽、糾正不公或伸張正義的形
式與活動。」可以說：「記憶是某種形式的行動主義」。就同賀琦
（Marianne Hirsch）認為的「記憶研究提供一種揭露與重建經驗和生
命故事的方式，這些經驗與生命故事原本很可能在歷史檔案中消失殆
盡。作為一種反歷史形式，『記憶』提供我們理解造成忘記、遺忘與
湮滅的權力結構方式，因此，記憶也介入種種修補與矯正的行動。記
憶確保在嚴屬的司法霸權結構之外倡議各種形式的正義，同時代表某
些生命與故事尚未受得關注的個人與群體提出主張與行動主義。」[25]

　　　　「工作總有做完的時候吧！」巫師說：「你是有讀書的人，我
　　　　們這些踩在夕陽底下要回家的老人，能給你什麼呢？你知道
　　　　的，家屋有靈，祂們希望你常常回來給她們生火、點燈，好讓

---

24 轉引自李有成：〈自傳與文學系統〉，《在理論的年代》（臺北：允晨文化，2006
　年），頁35-36。基於此論點，李有成認為這是一種自我對抗——現在的自我與過去
　的自我的對抗。此文在自傳研究中有關記憶的論述部分，相當值得本文在記憶書寫上
　作為參照。

25 Hirsch Marianne., The Generation of Postmemory: Writing and Visual Culture After the
　Holocaust. (New York: Columbia UP, 2012), pp.15-16。轉引自李有成，《記憶》（臺北
　市：允晨文化，2016年），頁16-17。對此，李有成進一步申論：「記憶因此在文學與
　藝術生產中經常隱含政治意義，不應該僅僅被視為單純的生理、心智或意識活動而
　已。記憶是具有導正視聽、糾正不公或伸張正義的形式與活動。」「記憶其實是某
　種形式的行動主義（activism）」。

煙火燻染你的整個屋室，讓炊煙隨風送達天空。代表「我」的
這個軀體，即將枯老死去。我後面要說的這句話，是這些年想
對你說的，我現在把它們濃縮成一句話，我只有這一句話就完
畢：你無論在那裡，請守好你的靈魂。」（《老鷹，再見》，頁
147）

　　因此，《老鷹，再見》是伊苞透過排灣記憶書寫，寫出自己心中
永遠的部落，不僅為自我定位，也為族群部落文化表述，無論身在何
處，都將守好靈魂，信守對部落的承諾。再見本是作別，但又是我必
定再回來之意義上的雙關語，說起記憶到記憶再見，猶如忘了說再見
和老鷹再見一般，彷彿走上「山是山，水是水」之尋境，提升自我發
現自我的旅途。守住靈魂，或許這一漫長路徑之唯一心經，我們走過
被記憶敘述引導下，從中遇到認同、被凝視、歧視的遙遠波折迷津中
找尋記憶自我的路，但就如高山上引導我們心靈的眾星相隨，記憶就
是此一心靈所在地。《老鷹，再見》是伊苞透過排灣記憶書寫，就是
守住族人文化記憶而傳承自己，是她的記憶敘述的能量，保住浩瀚星
空般燦爛眾星導引我們走上保存在臺灣諸多文化心靈能集合多種文化
記憶之漫長路程。這才剛開始卻是遙遠很遙遠的路途，但我們知道有
日會踏上更高遠之地，回頭記住這一旅程。再見是作別，但必定再回
來之自我期許。

主要參引資料

伊　苞，《老鷹，再見》（臺北市：大塊文化，2004年）

李有成，《在理論的年代》（臺北市：允晨文化，2006年）

李有成，《離散》（臺北市：允晨文化，2013年）

李有成，《記憶》（臺北市：允晨文化，2016年）

汪民安主編，《文化研究關鍵詞》（南京市：江蘇人民出版社，2007年）

林瑜馨，《原住民族文學的非典型現象》（臺北市：秀威資訊，2015年）

廖炳惠，《關鍵詞200——文學與批評研究的通用詞彙編》（臺北：麥田出版，2003年）

廖炳惠，《臺灣與世界文學的匯流》（臺北市：聯合文學，2006年）

蒂姆·克里斯威爾（Tim Cresswell）著，王志弘、徐苔玲譯，《地方：記憶、想像與認同》（臺北市：群學出版，2006年）

瓦歷斯·諾幹〈讓故事繼續說下去〉，《明道文藝》346期（2005年1月），頁48-51

紀心怡，〈出走是為了返家：論《老鷹，再見》中旅行書寫的意涵〉，《文學臺灣》63期（2007年7月），頁244-269

徐國明，〈一種餵養記憶的方式——析論達德拉凡·伊苞書寫中的空間隱喻與靈性傳統〉，《台灣文學研究學報》第4期（2007年4月），頁167-188

郝譽翔，〈「旅行」？或是「文學」？——論當代旅行文學的書寫困境〉，《旅遊文學論文集》（臺北市：文津出版社，2000年），頁279-302

陳芷凡，〈說故事的人：《老鷹，再見》的文化詩學與文化翻譯〉，「第
　　二屆文學、邊境、界線國際研討會」（新竹：國立交通大學
　　客家文化學院人文學系主辦，2008年3月）

黃心雅，〈創傷、記憶與美洲歷史之再現：閱讀席爾珂《沙丘花園》
　　與荷岡《靈力》〉，《中外文學》33期8卷（2005年1月），頁
　　69-105

楊翠，〈兩種回家的方法論伊苞《老鷹，再見》與唯色《絳紅色的地
　　圖》中離／返敘事〉，《民族學界》第35期（2015年4月），頁
　　35-95

董恕明，〈在混沌與清明之間的追尋──以達德拉凡‧伊苞《老鷹，
　　再見》為例〉，《文學新鑰》第8期（2008年12月），頁129-
　　161

劉秀美，〈幸福空間：從《老鷹，再見》看移動的聖山象徵〉，《台灣
　　文學研究學報》第22期（2016年4月），頁257-276

附錄

田園之歌[*]

> 將臺灣石圖安置在書桌右角上，我要將它當座右銘，雖然上面
> 沒有刻上半文隻字，那裡卻含蘊著山海全部的靈秀、先人磅礴
> 天地的拓荒精神以及三百年來苦難的歷史。
>
> ──陳冠學[1]

　　陳冠學（1934－），一個棄絕世塵薰染而遁居鄉野田園的哲人，
以那枝清透靈智之筆複頌昔日老田園之美，引人重省這片無垢大地所
載育之生命存在的意義，經此舒發出潛藏內心深處那股回向自然的天
性需索。他之所以能以尋常田園生活點顯不凡的生命觀照，完全是源
由於一分對土地的摯愛與尊重，如同葉石濤所言的《田園之秋》以透
過農家四周景物的描寫，巨細無遺地記錄了臺灣野生鳥類、野生植
物、生態景觀等四季變遷面貌，是充分表現臺灣這塊土地所孕育的內
藏的美的作品，「這是臺灣三十多年來注重風花雪月未見靈魂悸動的
散文史中，獨樹一幟的極本土化的散文佳作」。[2]

---

[*]　此文原為邱珮萱：〈親善大地的田園哲人──陳冠學〉，《戰後臺灣散文中的原鄉書
　　寫》（臺北市：臺灣學生書局，2006年），頁142-157。後經編選收錄於封德屏總策
　　劃、陳信元編選、財團法人台灣文學發展基金會編印：《臺灣現當代作家研究資料彙
　　編41─陳冠學》（臺南市：臺灣文學館，2013年），頁151-162。附錄與此，用以補充
　　首章〈原鄉〉之意。
[1]　陳冠學：〈九月二十九日〉，《田園之秋》（臺北市：前衛出版社，1983年），頁123。
[2]　葉石濤：〈代序〉，收錄於陳冠學《田園之秋》（臺北市：前衛出版社，1983年），頁
　　5。

　　陳冠學，一九三四年生，屏東縣新碑鄉人。小學時曾因戰亂學校停課，而短暫受業於漢學先生之啟蒙，意外地就此牽結了他與中文的不解之緣。在其後的學習經歷裡，曾有過中學時自修中國舊體詩與習作唐詩的摸索階段，而培養出對文學的深濃興味；也於大學時在名師引領下，走進純粹國學之堂奧專研儒家哲理，而致日後走上深究思想之路。就是這分無法忘棄文學與思想的志趣，讓他在迂迴波折的人生路途中，雖經教書、經營出版事業、擔任編輯工作、甚而參選省議員之職，終是斷然避居鄉野著述立業，完成個人之職志。

　　一九八一年是陳冠學退隱鄉間開始個人純文學創作之期，在此之前他曾明言「一向志趣只在學問」，已陸續出版儒道思想之相關論著，計有《莊子——古代的存在主義》、《論語新注》、《莊子新傳》、《莊子新注》等書，並同時譯有思想課題嚴肅之《零的發現》、《人生論》、《人生的路向》等書。除學術研究之有成外，陳冠學在猶如隱遁般的鄉野田園生活之際，則是先完成了《老臺灣》與《臺語之古老與古典》二書，此應視為是他長期關注臺灣歷史語文等問題之直接表述。再者，當身立於此斷絕世事紛擾的人生變動點上，過去興味深濃的文學志業悠然萌生，忽憶三十歲時曾醞釀寫作田園日記之計畫，故完成為三十一篇日記體的《田園之秋——初秋篇》系列作品，不僅題材與體例均為當時所殊見，更因其文筆自然、情感內斂，高度的人文思考表現，而獲致第六屆時報文學獎之散文推薦獎。其後與續出之「仲秋篇」與「晚秋篇」，儼然形成一整體性極強之巨製，深刻完足地表現其一貫精神理念，故「愈來愈多的人，也才因而經由他成熟凝鍊的文字和敏銳獨到的生命觀照，既驚又喜地看到平凡田園中的美，曉得質樸的語言可以橫生出怎樣的情采和機鋒，並且知道，在南臺灣的一處僻野裡，孤獨地活著這麼一個深富學養見識、足具性情與風骨

的心靈」。[3]這顆文學種籽的萌發成長，是陳冠學不期然的人生驚喜，終持虔敬之態度執筆為文，故作品量少質精，與《田園之秋》同屬純文學之作僅續有《父女對話》、《訪草》二書，但所展露的依是那襲田園哲人之不朽身影。

一　將臺灣人的根紮下去

> 寫「田園之秋」的直接動機是我個人對老田園的懷念，以及想要讓以後的人知曉過去的臺灣有多麼美，進而喚醒少年人愛惜臺灣這塊土地，結合成較大的力量，批評現階段種種破壞這塊土地的行為。[4]

《田園之秋》是陳冠學在四十多歲時避居高雄大貝湖參選省議員未成後所寫的作品，當時是持著告別文學的心情，原只為完成青年時期曾有過的一項寫作計畫──一本田園日記。他曾談及自己創作這一系列作品時的動機是：

> 我是看過臺灣的土地這麼美，但經過這些年來，破壞得這麼嚴重。當然現代化是全世界的潮流，無法阻擋，難免造成破壞，而且速度驚人。所以我對舊田園有著很大的懷念。這種懷念是屬於我個人的。但若為著讓後代人知道過去田園是怎麼樣的，這就不是我個人的私事，而是大眾的事了。

3　陳列：〈一切都是為著美──二訪陳冠學先生〉，《中國時報》人間版（1987年1月11日）。

4　此小節引文未注出處者，均出自陳列：〈一切都是為著美──二訪陳冠學先生〉，《中國時報》人間版（1987年1月11日）。

　　大眾之事，原是個人對老田園的追懷，到用以喚醒大眾對臺灣的愛，甚而冀許能形成一股制衡敗行的力量，就是陳冠學精心細寫那個近乎理想世界的田園生活之初衷。

　　這分以理想指引現實的創作初衷，適足以破除過去一些人曾有的疑惑，「認為他的人，他的作品，都脫離現實的人生太遠，自囿在他個人的小天地裡自樂，那是退縮而自私的，是反文明的，甚至於是知識分子的一種墮落」，所以會有這種誤解，當是未能明察到陳冠學是以虔敬的態度與不朽的高度來撰寫《田園之秋》，對此他也曾明白地予以辯駁：

> 我完全將它當作文學作品來處理，不讓它有任何污染，所以我不寫現時社會存在的種種問題，即使涉及到，也用極大的技術避免掉。所以很多人以為我不關心現實，其實是不了解我的觀點。文學的歸文學，政治的歸政治。一旦你要寫文學，卻又要與現實政治糾纏一起，無論怎麼寫，都是一種失敗。

　　不寫現實並非代表不關懷現實，而其背後隱蓄之力量或更能發人省思。從當初計畫創作的田園日記到後來真正落實寫成《田園日記》初秋篇，在前後相去近二十年的歲月中，許多的感發當已有所轉異，故兩者之面貌應也是已有所變化了。因為隨著臺灣政經環境的巨大變動，身處其間的陳冠學莫不深切體悟，故原本意欲將此憂心於這塊土地的未來發展，以最為直接快速的政治參與方式進行陳發並改善，所以他毅然地參選省議員，抱持著文化與歷史的立場來從事政治的參與，但卻未能成功；他只好退而選擇以文章撰述來表達這些理念，就是「將臺灣人的根紮下去，喚起人民學習先人拓荒冒險的精神，並且將臺灣與大陸的關係作一個處理」，但也只有受到屢遭退稿之命運；

最後，只能將無處申發的理念轉向文學天地，回到新埤老家，重拾文學創作之筆，續寫出《田園日記》的仲秋篇與晚秋篇。

　　從對臺灣文化歷史的關懷，到政治選舉的直接參與，再到文學創作的自我要求，我們能清晰看見一顆熱切關愛臺灣的心靈始終在激盪昂揚。其中鮮明的思想脈絡，就如鄭穗影所指出的，那是陳冠學成長於臺灣，作為臺灣人的自覺和對鄉土熱愛的生命呼喚，因此無論是《老臺灣》、《臺語之古老與古典》、《田園之秋》都是源於同樣的根本精神與思想，[5]所以他能寫出那段在溪床撿拾到酷似臺灣圖像石塊時，熱血沸騰的興奮心情：

> 在水邊踱著，偶然瞥見水中有石塊，形狀酷似臺灣。伸手探下去拿，發現還有個底座。拿出水面一看，我興奮得捧著直跳，跳進水裏，又跳了出來，連聲高喊。……
> 在天然石雕中，看到祖先開闢出來、世代生息其間、自己生斯長斯老斯的臺灣，怎能禁得住生命全部情感的洪流呢？……
> 真是個奇異的天工！把玩著把玩著，不由想起了她血淚鑄成的整部歷史，但願像此刻已出了水深之中，今後永不再有征服者；民主既經人權思想的浪潮推到了本島，希望此後過的是堯天舜日，而永不再有禹王朝；願當年英勇拓荒者的孝子賢孫們，能夠愛惜這塊土地保護這塊土地，能夠自己站立起來，莫辜負了先人流的血汗。（九月二十九日）

　　除此，在晚秋篇中極為醒目之「伸張敷陳二人對語」中，經過四日相語辯難後，伸張臨別留念之物，乃「一枚小小的胸徽，照著初日

5　鄭穗影：〈吾友陳冠學先生──夜讀《田園之秋》後鉤起的回憶〉，《文學界》第7期（1983年8月），頁118。

閃爍發光。這枚小胸徽是臺灣島的一個縮影，平原鍍了綠彩，山脈突起鍍了金色，乃是鎳質的」（十一月十日），此處作者用心無疑同前。

　　從告別文學到後來無可選擇下回返創作天地重拾文筆，看似陳冠學對文學的無誠意，然卻能為自己作品的高度開創一番新格局，如同他所欣賞的作品表現一般，「必須在細膩之外，還能在作品底下發現到壯闊的波瀾，如海洋一般澎湃遼闊，高瞻遠矚地發出一股很大的生命力。那樣的味道，那樣的作品，才算是真正了不起的作品」，可以說他對臺灣歷史鄉土氣息的愛就是那股迸發在作品中的生命力。

二　昔日田園追憶・理念伸張敷陳／新時代的理想世

> 住在都市裏的時候懷念現田園，回到現田園又懷念昔日的田園。昔日的田園是童年的寓境，而且對於現時的都市與田園，都已是十分的理想世。單是跟童年糾結在一起，構成童年的國度，已夠人懷念不至，更何況它是愈往後愈是新時代的理想世呢！[6]

　　為失去的老田園，在暌違多年的悲哀與懷念內積為心中的壘塊下，陳冠學所嚮往的昔日田園即幻身化成每個新時代的理想世，相對於任何現實意義下的都市與田園。在〈初秋篇〉末尾中寫著：「一個人活著，若不能將自己當成一包強烈的炸藥，把世途的轗軻炸平，好讓千千萬萬的人們有坦蕩蕩的道路行走，則套在人群中的一切行為都是出賣自我、遺失自我的勾當」（九月三十一日），雖本是論自我主體性之期許，但更為引人深思的是「炸藥」之勢，那是懷抱著發於人世並歸於人世的強烈淑世情懷才能為。在不得志退而求獨善的選擇下，

6　陳冠學：〈田園今昔〉，《訪草》（臺北市：三民書局，1994年），頁11。

陳冠學將內發情感所迸裂出的文字碎片，一片一片拼貼成《田園之秋》裡的田園生活與理念世界，欲以此理想境地的謳歌頌讚用以針砭現世俗事。然而，這樣的創作理路相當符合陳冠學自己對文學功用的要求，就是「文學是藝術的一支，而藝術的本質是美，目的只在於發掘世界中的美、人性中超越不已的理想、感情中晶瑩透亮的純潔。文學可貴的是，將人的生命從污濁的現實世界提升到一個很乾淨的世界，和宗教一樣地安頓人的生命。這是文學很大的一個功用，也是文學的最大使命」。[7]

　　日記體式的《田園之秋》猶如一部連篇的詩卷，因為那是詩農陳冠學眼中田園生活的記述，是以一顆詩心所體悟得致的詩中世界，是天地真有情者所見所聞所覺之萬有，是以超越生存事態的生命心靈在看待萬物（十月六日）；所以，這部作品自當非生活之紀實，而是以過去臺灣老田園風貌之記憶所構築的文學作品，就同唐捐所論的：「《田園之秋》乃是對臺灣舊日田園之美的追憶，虛實掩映，遠於史而近於詩。在『美』的定見下，自動篩選經驗，並附麗以層層的想像與願望。作者以當下實存的景致為粗胚，經之營之，用意扣求詩的真實。筆下看似率爾，胸中自有丘壑。無論描摹敘述如何逼真，始終不脫寫意的性質。在這裡，田園成為一種理念，他鉤勒的是應然而非實然」。[8]

　　在這個應然而非實然的理念世界，自然擺落一般田園生活既有實存之人事物像，所以周遭與農務相連之人事能入日記的機會並不多，反是無論朝暮永遠出沒耳際視野的蟲鳥，便讓陳冠學這部「我自己的

7　陳列：〈一切都是為著美──二訪陳冠學先生〉，《中國時報》人間版（1987年1月11日）。

8　唐捐：〈《田園之秋》的辭與物──論陳冠學〉，收錄於陳義芝編《臺灣文學經典研討會論文集》（臺北市：聯經出版，1999年），頁393。

生活」記錄幾乎成了「田園鳥類生態記」，「可是這實在也不足怪，我
寫的是田園生活啊！況且一個離群索居的人，在田園中，豈有不把日
月星辰、風雲雨露、草木蟲鳥當友伴的嗎？而田園除了莊稼，除了日
月星辰、風雲雨露、草木蟲鳥，還有什麼呢」（十月十一日），也因如
此，自然大地，便成為這位天地鑑賞者所觀照之主體，而這也讓無盡
重複十分單純的田園日子能時時新鮮充滿感激。在作品整體結構的文
學處理上，陳冠學曾強調《田園之秋》要拒絕現時社會種種問題的污
染，而代以自然返歸作為生命召喚，並以此人類所追求的永恆主題促
發重省人類生命之真正意義。尤其，當人世對於一個人並不是天堂而
是地獄之時，對自然的記憶與感情就會全部甦醒，而渴望返歸自然，
並於其間感到無限的安慰與滿足，因為「人是從自然中來，人離開了
自然之後，照說對自然應該有一份永恆的記憶與鄉思，每一個人在心
裡面都會時時聽見自然的呼喚，這是人們一見到自然就會打從心底裡
歡喜起來的緣由」，[9]田園呼喚與回向自然在此成為一組互成之命題，
猶如樂土之理想世的化身，他心裡明白：

> 不論田園裏有事沒事，田園好像老要我出去，和她在一起。其
> 實，我住的平屋就在田園的正中央，滿屋子浸透了田園的氣
> 息，縱然不出去，仍舊在田園之中。我出去，是一種生命內裏
> 的渴求，想拿腳底去親親田園的膚表，接觸接觸泥土、砂礫、
> 草葉，充一充生生不息的地氣；想隨著無邊的藍天舒開我的眼
> 眸，莫要像石塊下的草芽，令眼眸鬱而不伸；想承受一點兒陽
> 光，漸漸四野的風，好好打開全身的毛孔，任光熱氣流通暢地
> 左右穿透；想成為一隻野兔、一隻野雉、一隻野鳥，恢復原始

9　陳冠學：《父女對話》（臺北市：三民書局，1994年），頁49。

的自然生命；是田園呼喚我，也是我自發的回向自然。（九月二十四日）

因此，我們在《田園之秋》中看見最多的描述就是在一幕一幕田園自然奇景下一個清透空靈的哲人身影，一回又一回出自內心誠摯的讚嘆，有時是他沈醉在田野的靜謐之中：

騎著腳踏車回來時，天果然全晴沒有半絲雲了。空氣中可覺到含著幾許水氣，晚照靜靜地返照著這一片田野，薄薄的散撒著一層紫，南北太母及其向南北延伸的山嶺著色更濃些，尤其南北太母的削壁染得最濃。南太母一向無人測過，對照著北太母兩千六百公尺的斷崖約略推測，大概至少也有兩三千百公尺的直削，這兩座山實在沒話說，永遠吸引著我，令我仰敬。一群燕鴿背著晚照，ki-lit ki-lit 地鳴著，從後面掠過我的頭頂上空，向家那邊飛去，數了數，約有五十隻。對著這一切的景致，猛憶起，此時我是在畫中行，心中不由產生出不可言喻的感激。（十月二日）

而有時是他深思著自己身環目視的感念之情：

從路的盡頭向路前端看去，景色就好形容了。最東邊是一道山嶺，路頭一排木麻黃和一部竹，兩邊是莊稼。夜色方褪，晝光未染時是一種景色；須臾，朝日探出山頭，對直的撒下金光，又是一種景色；現時，銀光滿地，山影朦朧，木麻黃和刺竹在番麥田後面向天高舉，月光羅紗一般籠罩著全樹。走過番麥田，左前方便是我獨居的平屋，安祥的在月光下熟睡著，老楊

桃樹、牛滌有一半在陰影裏；右手是一片番薯地，番薯地盡
南，可見著幾戶人家，依稀可聽見，族姪輩在月光下角力的吆
喝聲。這條路靜而且有著溫馨。讓月光對直照滿身，獨自靜靜
的在自己和族親的土地中間行走，領略此情此景，不負此景也
不負此身。（十月六日）

當然也時會出現令人驚喜的「意外訪客」前來叨擾：

一對草鵜鴒追逐著飛過窗前，影子一前一後在地上光幅裏掠
過，後面的一隻還「執」（chip）「執」（chip）叫著。好嘹亮的
鳴聲突然的入耳，纔只有五、六尺的距離，我整個人像一枝火
柴棒，一下子被擦亮了，說我從來沒這麼快樂過，誰都不能相
信。這一對草鵜鴒也不知道為著什麼事兒爭執著，繞著屋子追
逐了好幾圈，那後面的一隻一直「執」「執」鳴著。在這樣的
明光下，在這樣的朝氣中，在這樣心無一事的當兒，那鳴聲一
聲聲的將我擦亮又擦亮，擦得心花不由得不怒放！原本是恬愉
怡悅的心，這田園裏的任一動靜形色隨時都可能使之綻開喜悅
的心花呵。（十月十六日）

有景有聲有光，種種來自於天地萬物的身靈感應，人身置此境，
實在不由得會深深體悟到：「在自然裏，在田園裏，人與物畢竟是一
氣共流轉，顯現著和諧的步調，這和諧的步調不就叫做自然嗎？這是
一件生命的感覺，在自然裏或在田園裏待過一段時日以後，這是一種
極其親切的感覺，何等的諧順啊」（九月一日），真切是只要人不棄自
然，自然就不會棄絕你，以自然之姿充足內心安祥寧靜的渴求。

昔日田園的追憶，確可視為是陳冠學對理想世之追索營構，然其

所重在於「昔日」而非「田園」，故現時田園所見之種種自非刻畫敘寫重心，雖亦有農人、莊稼、田地、耕植、生計等環繞田園生活的現世俗事，但總輕輕點過並未進一步加以申發，甚而多帶以朦朧之詩意呈現，最為顯著者莫如在人物上安排有相親助耕的族親、載醬油的「澎湖的」、載豆腐的「溪寮客家人」、賣魚的太平仔、同一山腳線傳遞而近四十年音信的郵差以及上課習字識文的天真孩童們，彼等所成就者乃為遠古堯天舜日之樂土圖像。

　　再者，除昔日田園之追憶外，理念之伸張敷陳亦為《田園之秋》用以營構理想世之主要途徑，因為在全書中相當引人注目的，自是那段記述在十一月七日至十日之事，文中虛設張、陳二人對語，乃為正義伸張之「張」與自我敷陳之「陳」，此段安排自當是張陳理念意有所指。兩文從仙境人間之辨，到遍論現象真實與靈魂全知，以及無政府之理想人世和小國寡民之太平人世等，每組論題都有正反對照，所究為何？或許可從末尾以此作結看出，那就是「談得太多了無法兒記；而且實在也不必記下，我們所談的，全都記在現臺灣的土地上、住民身上」（十一月九日）。

　　除前所特意虛設之場景外，在此之前亦有多處因事而發，首先是初秋篇中所現之桃花源，描寫一次深訪霧中芒花盡處的古老村莊，受到村民熱情款待，不禁感思：「這些馬來族，純樸善良，最大的好處，是不動腦筋。據我所知，他們不爭不鬥，連吵架都不會有，真可稱得是葛天無懷之民。人類的好處在有智慧，壞處也在有智慧，兩相權衡，不如去智取愚。智慧是罪惡的根源，也是痛苦的根源。愚憨既不知有罪惡，也不知有痛苦」（九月十日）；接著在仲秋篇之末更以驚恐之洪水奇夢接承初秋篇以撿拾臺灣石圖之喻，寫到夢境中所現之望石情緒由興奮轉而凝重：

> 我所以凝重地注視它，是我清清楚楚看見石圖面是個活境，縱
> 貫山脈真有千年古木到處點綴著，只是絕大部分山坡都是光禿
> 禿的；而山谷間也真的有細條的流水蜿蜒地流著。但是正觀看
> 間，發現山谷的流水一下子暴漲了起來，我見太母山麓的洪水
> 滾滾而下，僅一彈指的工夫，已沖出了谷口，下意識裏不由大
> 吃一驚，急忙抬頭向上游的溪面看去，果見山洪已奔騰而至，
> 竟然沒有半點兒聲音。但一經看見，便聽見雷霆般的吼聲隨著
> 山洪淹襲過來。（十月二十九日）

此處以臺灣石圖前後之異喻指真實臺灣土地之變，其意昭然若揭。

另外，尚有散見多處且不斷申覆而相當值得注意的，是陳冠學對
「農人」身分進行多方論述，此當是在田園生活耕稼經驗下最為直接
的觸發。在初秋篇概為個人農務的簡略記事，多以詩人之心詠嘆農人
之美善，「農人的特徵在於有個純樸的心，因有一顆純樸的心，纔能
日出而作，日入而息，鑿井而飲，耕田而食，含哺而熙，鼓腹而遊，
而不奢求，不貪欲，過著無所不足，勞力而不勞心的安詳生活，而和
田園打成一片」（九月二日）；然隨著仲秋篇開端續寫多日關於族親番
薯番麥收成出貨之銷售大事，則鋪寫一般農家在生計維持艱難之實際
問題，讓族親所憤憤埋怨的是「怨恨做農命苦，出的汗多，入的錢
少」、「寧願做任何其他行業，就是不願意耕農」（十月三日），在產銷
價量問題上雖未多論，但卻也發出「除了大自然，農人並不依賴誰，
也不虧欠誰，農人自始就不需要任何人間組織，任何人間組織加諸農
人都是無理的強制」（十月五日），如此之言所隱之控訴尤甚。陳冠學
在此處除用理伸張之，更是以景感嘆之，猶見其不忍之情：

> 一覺醒來，聽見一陣牛車的轟隆聲和駛車人的吆喝聲。睜開

眼，只見西窗外一輪明月正在牛滌頂上，掛在老楊桃樹南枝末端，銀光透過窗，照得我滿身。心想大概是南邊族親趕早出貨，遂起身到靠東窗邊探看。只見月光下，一排重載牛車，自木麻黃列樹外直連到籬口，正在向北行進。數了數，一共十車，這是南邊族親盡有的車數。望著車隊一車車轟隆轟隆走過去，此情此景，深深的印入我的心裏。聽得車聲呼喝生逐漸消失在北去的田野間，我開了門，走到路口，北面是茫茫的一片月色，南面也是一片茫茫的月色，只有路面上兩條深陷而齊整的車轍發著嶄新的黑光，向南向北筆直的伸展過去。（十月九日）

到了晚秋篇，由情理交參轉為議論全發，其中尤以十一月二十五日所述最為完整深入，以生存艱難之飢餓問題為論，「農人必定要天天在他的土地上滴下汗珠，他一天不滴下汗珠，就一天沒得吃」，總籠罩著飢餓陰影的宿命，甚此更為不幸是農人的汗大多是為別人流，「他無端要納官租，穀價賤如土。他的牛身上只有一隻牛虻、幾隻牛蠅，他身上卻有數不盡的人虻和人蠅」，但農人究竟是農人，今日明日的麵包都在他的土地上，即使他擁有鳴禽之翅膀也不敢飛，因為土地不可能跟他一起飛，「因此農人永遠死釘在土地上，永遠只想著土地上的麵包，而不會想到致富，更不會想到支配別人。農人是徹頭徹尾的好人，因為他的腦子裏只有那不走不飛，用他的汗珠播出穀粒的土地。這就是農人的樸質寡欲性格的全部」，如此相較於人類向前進化，將生物生存本能無限擴張與膨脹，至而出現了彼此算計劫奪甚而互相排擠，兩者之不同在於：

農人至多想到固定在自己土地分內的明日麵包，而人類則想到

> 一切麵包。一個進化人，不只要今日的麵包，要明日的麵包，
> 要可能得到的一切麵包，還要整個地球，若整個宇宙可能要
> 到，他更要整個宇宙；他的生存本能轉變成了貪婪。（十一月
> 二十五日）

最後，所發出的嚴肅警示是「人類這個癌質化的生存本能，或將導致
萬物的絕滅，地球的毀亡」。

　　從昔日田園追憶到理念伸張敷陳，陳冠學以正以反所重複強化的
是對現時人世俗事之檢省與深思。然在這個相較於任何現實意義下的
人間樂土裡，最為特殊的是完全經營在描繪臺灣昔日田園的特有風情
上，其所意欲營構之理想世已有鄉土之姿，更有超越鄉土之意。

主要參引資料

陳冠學，《田園之秋——初秋篇》（臺北市：前衛出版社，1983年）

　　　　《田園之秋——仲秋篇》（臺北市：前衛出版社，1984年）

　　　　《田園之秋——晚秋篇》（臺北市：前衛出版社，1985年）

　　　　《父女對話》（臺北市：圓神出版社，1987年）

　　　　《訪草》（臺北市：三民書局，1994年）

唐　捐，〈《田園之秋》的辭與物——論陳冠學《田園之秋》〉，收錄於
　　　　陳義芝編《臺灣文學經典研討會論文集》（臺北市：聯經出
　　　　版，1999年），頁389-399

陳　列，〈一切都是為著美——二訪陳冠學先生〉，《中國時報》人間
　　　　版（1987年1月11日）

葉石濤，〈代序〉，收錄於陳冠學《田園之秋》（臺北市：前衛出版
　　　　社，1983年），頁1-6

鄭穗影，〈吾友陳冠學先生——夜讀《田園之秋》後鉤起的回憶〉，
　　　　《文學界》7期（1983年8月），頁108-123

文學研究叢書・臺灣文學叢刊 0810009

邊緣之境：華文創作中的凝視聲響到生命記憶

作　　　者	邱珮萱
責任編輯	翁承佑
特約校稿	林秋芬

發　行　人	陳滿銘
總　經　理	梁錦興
總　編　輯	陳滿銘
副總編輯	張晏瑞
編　輯　所	萬卷樓圖書股份有限公司
排　　　版	林曉敏
印　　　刷	百通科技股份有限公司
封面設計	斐類設計工作室

發　　　行　萬卷樓圖書股份有限公司
　　　　　　臺北市羅斯福路二段 41 號 6 樓之 3
　　　　　　電話 (02)23216565
　　　　　　傳真 (02)23218698
　　　　　　電郵 SERVICE@WANJUAN.COM.TW
大陸經銷　廈門外圖臺灣書店有限公司
　　　　　　電郵 JKB188@188.COM
香港經銷　香港聯合書刊物流有限公司
　　　　　　電話 (852)21502100
　　　　　　傳真 (852)23560735

ISBN 978-986-478-125-6
2018 年 1 月初版一刷

定價：新臺幣 220 元

如何購買本書：

1. 劃撥購書，請透過以下郵政劃撥帳號：
　　帳號：15624015
　　戶名：萬卷樓圖書股份有限公司
2. 轉帳購書，請透過以下帳戶
　　合作金庫銀行 古亭分行
　　戶名：萬卷樓圖書股份有限公司
　　帳號：0877717092596
3. 網路購書，請透過萬卷樓網站
　　網址 WWW.WANJUAN.COM.TW

大量購書，請直接聯繫我們，將有專人為
您服務。客服：(02)23216565 分機 10

如有缺頁、破損或裝訂錯誤，請寄回更換

國家圖書館出版品預行編目資料

邊緣之境：華文創作中的凝視聲響到生命記憶
/ 邱珮萱著. -- 初版. -- 臺北市：萬卷樓,
2018.01
　　面；　公分
ISBN 978-986-478-125-6(平裝)

1.臺灣文學 2.文學評論

863.2　　　　　　　　　　　106024384